Orphant Annie
Story Book

安妮姑娘讲故事

图书在版编目(CIP)数据

安妮姑娘讲故事／(美)格鲁(Gruelle, J.)著；陈义海，陈拉丁译. — 南京：东南大学出版社，2015.5
(世界顶级儿童文学家的传世经典)
ISBN 978-7-5641-5540-7

Ⅰ.①安… Ⅱ.①格… ②陈… ③陈… Ⅲ.①童话—美国—现代 Ⅳ.①I712.88

中国版本图书馆CIP数据核字(2015)第039751号

安妮姑娘讲故事

出版发行	东南大学出版社(南京四牌楼2号　邮编:210096)
策　　划	花狐狸童书馆(025-83291530)
责任编辑	谷　宁
经　　销	全国各地新华书店
照　　排	南京凯建图文制作有限公司
印　　刷	南京玉河印刷厂
版　　次	2015年5月第1版　2015年5月第1次印刷
开　　本	880 mm×1230 mm　1/32
印　　张	4.375
字　　数	38千字
书　　号	ISBN 978-7-5641-5540-7
定　　价	16.00元

(凡因印装质量问题，可直接向营销部调换。电话:025-83791830)

编者的话

本套丛书收录作品的作者们,不论他们的经历与背景如何,都是站在孩子的心理角度,饱含了对儿童的尊重与热爱。作品描述了孩子们的内心世界,他们的欢乐与忧愁、幻想与憧憬,以及他们对整个世界的认识。娓娓道来,使人沉醉其中。

当代中国处于启蒙阶段的少年儿童,过多地被"卡通"式读物所包围,而真正优秀的儿童文学作品却没有成为他们成长阶段的精神食粮。

真正优秀的原创文学作品对少年儿童心灵的启迪、想象的激发、视野的开阔、人格的塑造方面所起的巨大作用,是无可比拟的。这是孩子的企盼,家长的心愿,社会的共识,也是我们精心编选《世界顶级儿童文学家的传世经典》的目的。

　　《世界顶级儿童文学家的传世经典》是"花狐狸童书馆"图书系列的一个重要组成部分。"花狐狸童书馆"是一个长期的出版计划,将引进、译编、出版上百种世界各国一流儿童文学家的传世经典著作,让中国的少年儿童从小就拥有一个包含着东西方最优秀儿童文学的阅读园地,这既是为了中国的未来,也是为了世界的未来。《世界顶级儿童文学家的传世经典》作为"花狐狸童书馆"系列的力作,一定会以其优秀的选题和精心的制作,春风化雨般浸润全中国少年儿童的心扉。

我们需要什么样的文学
——总序

这是一套以经典儿童文学的名义献给少年的书。

世界上有那么多优秀和经典的文学,那些经久不衰的名字如同星辰照亮了我们头顶的夜空。

当然,我们早早就应该去阅读但丁、莎士比亚、雨果、托尔斯泰、博尔赫斯、马尔克斯、伍尔芙以及曹雪芹……只是,对于成长中的孩子来说,他们的作品是否能润物无声地深入稚嫩的心田?是否能让孩子感同身受地体会其中的奥义与精妙?答案或许是否定的。对涉世未深的少年来说,那些高山仰止的作品读来难免感觉艰涩和陌生,文学阅读本应带来的情感共鸣和极致的审美体验自然也要减弱几分。

幸得有儿童文学的存在。

优秀的"儿童文学",和优秀的成人文学作品并没有高下之分——儿童文学囊括了所有文学可以表达的主题,但她采用的是儿童和少年易于接受的表现形式和表述方式;这样一种深入浅出的文学,不会在艺术标准上降格以求,更不因读者的年龄之小,而潦草了成人作家需要在其中表达的人生要义。但和一般成人文学不同的是,优秀的儿童文学即便是揭露现实中存在的邪恶,也能融会贯通,让读者不受创伤。和成人文学一样,儿童文学同样表现人性、探索人生,甚至,儿童文学有着比之一般文学更为优越之处——读者所面对的一切都可能是新鲜的,因此,儿童文学更加负有了发现人生、探索人生奥秘、叙写人情之美的责任。

我曾用"浅近而深刻、伤感却温暖、真实不残忍、快乐不浅薄"来概括优秀的儿童文学所应具备的特质。她们也是经典,是纯文学,享有和成人文学经典作品同样的艺术价值和荣耀。作家在其中投入了文学的真生命,却以让孩子亲近的形式出现。这样的作品不会拒人以千里之外,而是具有神奇的魔力,让孩子"自然地阅读",而不是"被动被迫地阅读"。读过这些作品的孩子,能真正感受到心灵的感动、愉悦与震撼,在潜移默化中吸取能量,由衷地热爱上阅读。

一个成长中的孩子,是一定要阅读经典的。

在我们的孩子面前,有着那么多的阅读选择——浅薄逗笑的商业童书、花花绿绿的动漫故事、大同小异如出一辙的校园故事……这样的阅读不能说有害,但充其量和看电视、玩电子游戏无异,至多能消磨时间、放松神经,至于培养高雅志趣、陶冶心灵、得到情感上的升华和艺术审美体验……恐怕是一点都谈不上的。而找到人性的闪光、重新发现人生,认识生活的无奈与希望,看到世界的繁杂和博大,获得醍醐灌顶的思想启示……这些经典儿童文学所能带给我们的美好,在快餐化的阅读中同样是难以得到的。

虽然很难说,阅读的品质能够决定孩子的未来,身处变化万千的世界,阅读仅仅是无数影响他们成长的因素之一;但阅读的趣味,多多少少能影响到他们未来的志趣、品位和气质。一个终日沉迷于电子游戏的孩子与一个热爱阅读的孩子,终究会有些气质上的不同吧?一个趣味肤浅庸俗的孩子与一个热爱高雅艺术的孩子,在长大后也很可能成为精神气象完全不同的人吧?当把一个人的成长史与他的阅读史放在一起研究,我们自然会发现,它们之间有着怎样不可思议的神秘的联系。

于是，在给成长中的孩子选择读物时，我们总是小心翼翼，从不马虎。我们并不愿意强迫孩子阅读，只是希望他们自然而然地亲近那些经典的文字，并且自然而然地与书中的人物同悲同喜。他们会带着惊诧与欣喜认识、领受和欣赏——完全陌生、意想不到的环境和时代背景里发生的故事，不可思议天马行空的想象力，睿智深邃的思想灵光，感同身受同龄人的成长以及生活的诗意、浪漫与美妙……经典的文学，因了那些深入心灵的触动，是可以让单调的生命丰饶起来的，也可以让枯燥刻板的生活变得湿润与丰富，更重要的，是让阅读她们的孩子获得成长的勇气和希望。

收入这套《世界顶级儿童文学家的传世经典》的作品在国外都有着巨大影响，有的还成为儿童文学史上经典中的经典，有着完全不同的故事背景和叙述风格。她们中有一些是带着复古气味的书，但我相信，经典的文学恰恰是用时间来为自己证明的，这些书也不例外。

殷健灵

2015年1月6日

你见过精灵吗?
——译者序

1918年,约翰尼·格鲁出版了著名的童话作品《布娃娃安的故事》,并获得巨大成功;1920年,他又出版了布娃娃安的姊妹篇《布娃娃安迪的故事》。布娃娃安(Raggedy Ann)的原型是格鲁的女儿玛瑟拉最喜爱的一只布娃娃。大约是在1915年,玛瑟拉因为接种疫苗感染去世,当时她才十三岁,《布娃娃安的故事》中的许多故事,都是在玛瑟拉生病期间格鲁讲给女儿听的。深爱着女儿的格鲁把他设计的布娃娃安玩偶申请了美国专利(专利号:U.S. Patent D47,789),但是等1915年11月专利获得批准时,他十三岁的女儿玛瑟拉已经不幸去世。格鲁忍着巨大的悲痛,把自己经常给女儿讲的故事都写了出来,这就有了《布娃娃安的故事》和《布娃娃安迪的故事》。这两本故事,再加上作者设计的布娃娃玩偶,使得"布娃娃"成为当时美国家喻户晓的"人物"。

女儿玛瑟拉对父亲格鲁的创作产生了巨大的影响。这种影响不仅体现在《布娃娃安的故事》和《布娃娃安迪的故事》里,也体现在他后来的创作中。据说,格鲁经常是一边看着女儿玩耍一边写作,他从女儿的玩耍中获得了许多创作的灵感。他的"布娃娃系列"是这样写成的,而从稍后出版的《安妮姑娘讲故事》(1921)的故事中,我们仍然可以看到这种影响。

但《安妮姑娘讲故事》与前面的布娃娃故事相比,无论是人物形象还是故事的讲述方式,都发生了很大的变化。在布娃娃故事中,格鲁让托儿所的两个娃娃在夜间活动起来,通过他们的种种冒险经历,表现爱与善良这两个永恒的主题。而在《安妮姑娘讲故事》中,绝大多数故事的主角变成了形形色色的小精灵。至于安妮姑娘,则是一个脑子里装着各种奇异故事的女孩。安妮的身世很模糊,可她的身世越是模糊,就越让人觉得神秘。在这些故事中,她虽然不是主角,但看似平常的一切到了她的嘴里,都成了奇思妙想的故事。谁都没有想过瓢虫为什么是红色的,谁也没有注意过每个花生里居然藏着一个精灵。在翻译完《花生里的精灵》后,我们特地去找来一粒花生，发现里面还真像安妮所讲的那样，藏着一个精灵呢。

　　本书的十个故事，除了第一个故事外，其余的故事都是通过安妮之口讲出来的，而卡尔和贝茜则是安妮的忠实听众。当然，他们也不断提问，无疑推动了故事情节的发展。所以，这些故事的一个显著特点就是"讲"。作者本可以把这些故事直接"写"出来，而不是通过安妮之口"讲"出来。但是，让安妮以实际生活的场景作为故事的引子或开端，让经典的幻想童话与现实相连，这使得这些童话故事更具有生活气息，并使它们与古典童话区别开来，这正是格鲁童话作品的一大特色。同时，孩子们在阅读这些故事的时候，更有了一种亲切感。这种风格的故事，也更加适合家长讲给尚没有阅读能力的孩子们听。

　　当然，既然是童话作品，就少不了小矮人和精灵。这本故事集里讲得最多的就是精灵，这一定让喜欢精灵的孩子们大饱眼福和耳福。那么精灵是哪里来的呢？虽然我们都喜欢精灵故事，但我们可能并不清楚，精灵故事是西方文化当中一个很悠久的传统。精灵传统一方面跟希腊罗马的神话传说有关，另一方面又跟基督教文化传统相衔接；当然，精灵传统自然也跟一些地区远古的扑朔迷离的变迁史有着千丝万缕的联系。人们认为，精灵有的是堕落的天使，有的则是异教徒死后不能入天堂但又不至于下地狱，而最终成为"中间地带"的精灵，有的精灵其实是某些民族和地区最早的先民。

在西方的语言中，与汉语"精灵"一词相对应的词很多，比如 gnome、pixie、elf、fairy、goblin、leprechaun、brownie。"精灵"的名字有这么多的写法，说明这些精灵都有自己的"来头"。比如，在威尔士，人们多用 pixie 来指称精灵；leprechaun 则是爱尔兰人传说中的精灵；goblin 便是那种戴着小红帽的、爱恶作剧的小精灵。

精灵的种类很多，有"四元素精灵"——火精灵、风精灵、水精灵、地精灵。还有其他各种各样的精灵，比如，血精灵、木精灵、雷精灵、冰精灵、草精灵、暗夜精灵、光明精灵、黑暗精灵、魔法精灵、日精灵、月精灵、星辰精灵、灰精灵、小精灵、生命精灵、云中精灵、海洋精灵、高山精灵、草原精灵、花中仙子、林中仙子等等。像《安妮姑娘讲故事》中的苹果树精灵，应该属于树精灵；本书第七个故事《精灵的乐园》里的精灵应该是地精灵。

精灵们都长啥样？既然谁都没有见过，写故事的人便高兴了，爱写成啥样就写成啥样。不过，传统中的精灵还是有些固定的"长相"的。一般说来，精灵们都非常小,也可以说,他们是袖珍型的人类。有的精灵很丑,相貌古怪,有的精灵却非常漂亮。当人们用fairy称精灵的时候,她们往往很漂亮,这时的精灵跟天使很近,她们甚至还长着薄如蝉翼的翅膀。当然,有好的精灵,也有不好的精灵。我说他们"不好",而不说他们"坏",是因为有的精灵虽然干"坏事",但这些"坏事"似乎跟道德没有多少关系,确切地说,他们爱搞恶作剧。

据说,正像北欧关于精灵的传说最为丰富一样,北欧民族似乎最相信有精灵的存在。比如,冰岛人就是世界上最相信有精灵存在的民族。虽然冰岛是世界上最富足的国家之一,冰岛人受教育的程度也很高,但是大多数冰岛人都相信有精灵这种东西。我们造房子的时候,会征求别人的意见,所谓看风水,冰岛人砌房子的时候也会这么做,不过,他们相信适合居住的地方也是精灵喜欢的地方。据说,用现代机械作业施工被卡住时,他们会停止施工,因为他们担心冲撞了精灵们的住所。在我看来,冰岛人相信有精灵存在虽然带有一定的迷信色彩,但是也可以从另一个角度去看这个问题:这是他们热爱自然、保护自然的一种表现,他们不愿意用人工破坏大自然的造化。

不管怎么说,看到精灵一定不是件容易的事,正因为不容易，人们才爱看关于精灵的故事。越是看不到真的精灵，作家笔下的精灵也就越显得神奇。

你见过精灵吗？如果没有见过，不妨听听约翰尼·格鲁让安妮姑娘讲的关于精灵们的故事吧！

陈义海

2014年5月13日

目录

第一章　安妮来到了卡尔和贝茜家 ………… 001

第二章　苹果树精灵 ………………………… 010

第三章　马的高祖父、拾荒男子和精灵的故事
　　　　……………………………………… 026

第四章　花纹蛇和三个精灵的故事 ………… 037

第五章　为什么瓢虫是红色的 ……………… 047

第六章　九个绿眼睛的小精灵 ……………… 061

第七章　花生里的精灵 ……………………… 072

第八章　精灵的乐园 ………………………… 086

第九章　"这是什么先生"和"那是什么先生"
　　　　……………………………………… 097

第十章　蚱蜢大军营救小精灵 ……………… 108

第一章

安妮来到了卡尔和贝茜家

奥芬特·安妮来到卡尔和贝茜家的那天,孩子们正坐在楼下大壁炉前的地板上看着图画书。

那天早上,先是寒风凛冽,细雨纷飞,然后天气变得更冷了，纷纷细雨最终变成了白茫茫的飘雪。不过，雪下得并不太大，还不足以把地面都盖住，地上的积雪也只是有一块没一块的。到中午的时候，路面上的泥泞开始结冰，从开阔的草场上刮来的风，发出"呼呼"的声响，吹向屋子，百叶窗被吹得噼噼啪啪响。生活在这一带的乡下人，只要有大车或小马车从这里经过，都会非常好奇。那些本来待在屋子里面的人，会"呼啦"一下跑到窗户跟前，一定要看看是什么人从这里经过。所以，当车轮传来"吱吱呀呀"的声音，一辆小马车在屋子的前面停下时，卡尔和贝茜便从舒舒服服的壁炉前面跳了起来，朝窗户前面跑去；妈妈也从厨房里跑了出来，跟他们一起凑在窗前。就在他们盯着外面看的时候，他们看到爸爸从谷仓里走了出来，只见他绕过院子，不紧不慢地出了大门，朝那辆小马车走去。

只见一个高个子、圆肩膀的男人，把一个身材瘦小、衣衫褴褛的小女孩抱了起来，从车轮上面递到了爸爸伸开的双臂里；那个男人把小女孩递过来的样子，就像是递过一捧玉米。屋子里面，妈妈把孩子们搂在自己身边，他们全都目不转睛地看着发生在大门外面的这一幕。那个圆肩膀的陌生人对爸爸说了几句话后，便把衣服的领子竖起来，让衣领紧贴着他那长满胡子的脸，然后又抖了抖缰绳，用枝条在马背上抽了一下，便头也不

回地走了——他,还有他的马,以及他的那辆老得都快散架的小马车,就这样消失在那条泥泞的路上。

妈妈从窗前转过身,把两个孩子紧紧地抱在怀里,并弯下身子,用自己的脸贴住他们的脸。她去帮爸爸打开门廊上的门时,贝茜看到,她把一滴泪从脸上悄悄抹去了。

卡尔和贝茜跟着妈妈来到了门边,当看到爸爸抱着那个小女孩一脚迈进来的时候,他们都很惊奇地站在那里一动不动。

"哦!"他乐呵呵地叫道,"终于进到屋子里啦!我们很快就暖和、舒服啦!你说是不是,孩子他妈?"爸爸说着,从屋子里走过,把安妮放到了沙发上。

好像应该爸爸做的事他都做完了似的,他响亮地擤了一下鼻子,便又回到谷仓里去继续干他的活了。

不过,接下来妈妈可有事情干了。她先帮安妮把系住帽子的绿色纱巾解开,然后又帮她把围在肩膀上的方巾解下来。孩子们看着这个新来的小姑娘,好奇得要命。他们觉得她一定很冷,她的小手上戴着一副用旧袜子做的连指手套,手套太短,她手腕上的青筋都露在外面了。孩子们后来才知道,安妮的鞋子原来是她阿姨的,鞋子太大了,大得可以一只鞋子装下安妮的两只脚,这双鞋子的鞋头也因此都卷起来了,看上去就像是土耳其女人穿的那种鞋。

妈妈到厨房去了,她要找点热乎的东西给安妮吃。这时,卡尔忽然捡起她的帽子,拿在手上仔细地看。这是一顶夏天用的遮阳帽,看上去很有趣,帽子的顶上有一束已经枯萎的花,是用又粗又黑的亚麻线缠在上面的。

从刚进来到现在,安妮看上去一副惊慌失措的样子,两只大眼睛,在她的这些新朋友面前不安地闪着,一会儿看看这个,一会儿看看那个,从她的眼神可以看出,她对自己受到这么好的礼遇很是不习惯。不过,当妈妈端着一大块抹着黄油的土司和一杯茶回来时,安妮的眼睛就一刻都没有离开过她手上的那只托盘,直到土司和茶消失得无影无踪。妈妈在沙发上坐下来后,安妮告诉他们,那个把她"带来"的人是托马斯叔叔。"嗯,我到这里来真的非常高兴!"她有点不好意思地说,"因为!"在

她要说出一个理由的时候,她又忽然补充说,"托马斯叔叔和伊丽莎白阿姨不住这里了!不过,他们会经常来看我的!"

事情是这样的:托马斯叔叔和伊丽莎白阿姨"让"安妮出来干点活,好让她"有口饭吃,有个地方睡觉"。结果是,"有口饭吃,有个地方睡觉"自然没有问题,因为这小姑娘没过多久就跟这家人情投意合,相处融洽了,并且她通过自己的努力证明,她是这个家庭里的一个乐呵呵的、勤勤恳恳的好帮手。

不过,在卡尔和贝茜看来,安妮简直是从童话仙境飞来的。他们不知不觉地都喜欢上了她,在他们看来,她一定也有一个坏继母,就像灰姑娘那样。

安妮是个不寻常的、心中藏着很多故事的小姑娘。她总有那么多奇思妙想,总会用她的歌声、她的故事、她的游戏、她的谜语把孩子们逗得直乐。在她一个人干着活的时候(除非卡尔和贝茜过来捣蛋),她会跟想象中的玩伴交谈,让孩子们觉得,她真的是跟什么人在说话。

遇到这种情况时,孩子们倒是很乖巧,一心一意地在旁边看着、听着。因为,她在和想象中的朋友说话的时候,她会不断地变换口吻,对不同的想象中的朋友用不同的口气说话。看她说话的样子,她好像根本不觉得孩子们就在房间里。

"呜……呜……"安妮会一边敲着盘子一边叫着,"火车来啦!火车来啦!嗨,小家伙,往后站,往后站!你是要火车从你的身上碾过去吗?嘎嚓,嘎嚓,嘎嚓!嘘……"安妮又模仿起火车引擎发动时的声响来。"瞧!乘务员来啦!乘务员先生,这趟火车是开往格林卡斯尔(绿色的城堡)的吗?"接着,一个瓮声瓮气的声音说道:"不,夫人,这是十点四十五的火车,是开往印第安纳波利斯的。"

"哦,我的天哪!"安妮又说道,不过,这会儿她是用一个老夫人颤巍巍的声音说的,"可我是要去格林卡斯尔呀!"此时此刻,孩子们看到的是一位老夫人,她佝偻的肩膀上裹着方巾,满是银发的头上戴着一顶黑色的帽子。同时,孩子们仿佛又看到她的面前站着一个身材魁梧的乘务员,他身上的铜纽扣闪闪发光,他的头上戴着一顶镶着金边的蓝帽子。

"好嘞,夫人,还是让我把我们的安排告诉您吧:我们这趟车不去印第安纳波利斯了,改为格林卡斯尔啦!您请上车吧,在第三个窗户那里,您会找到座位的。就这么定了!您请上车吧!"接着,正如孩子们想象的那样,乘务员扶着老夫人上了火车。然后,安妮把双手合成一个喇叭的样子,装出向火车的那一头喊话的样子:"嗨,比尔!"而比尔呢,则从远处火车头的驾驶室里回答:"什么事?""把火车调个头,这儿有位尊贵的夫人,她不要去印第安纳波利斯,她想去格林卡斯尔!""好嘞!"坐在火车头驾驶室里的比尔往这边喊道。接着,乘务员叫了一声"请各位旅客上车"后,安妮便抱起一大堆擦干了的盘子,脚下发出"嘎嚓,嘎嚓"的声响,把火车调了头,让它开往格林卡斯尔了;与此同时,她自己则抱着那些盘子,把它们一一放进柜子里。

"旅途"上自然又发生了很多事情,而在这过程中,所有的盘子都已经擦干,摆放到了架子上。

最后一只杯子放好后,火车呼啸着停了下来,乘务员扶着老夫人下了火车,而她则保证,她一定会永远记住他的好心。

"接下来!"安妮说,她的眼睛里闪着光芒,"我们到屋子里去弹风琴、唱歌吧!"于是,孩子们拉着她的衣服,蹦蹦跳跳地从厨房里跑了出来。

第 二 章

苹果树精灵

由于吃得好,食物充足,安妮瘦小的身体渐渐丰满起来了,加之这家人善待她,她的面颊上泛起了吉普赛女孩的红晕。不过,她还是像以前一样,身上透出一种童话世界的野性,这使得比她年长的人经常觉得,她很难以捉摸。

然而,对于卡尔和贝茜来说,她总是像一个童话世界里的人物,并总是从丛林深处打量着外面的世界。在孩子们看来,她生活的那个世界住满了精灵和小矮人,他们在丛林深处围成一个蘑菇圈,并在明亮的月光下翩翩起舞。

随着安妮的身体日益健康,她那棕色的眼睛越发有神且显得更加神秘了,所以,孩子们有时打心眼里觉得,安妮能看到他们看不见的东西。

当安妮发现卡尔和贝茜被她讲的仙女和精灵的故事逗得乐不可支时,她总喜欢而且也有办法把乡下发生的一切用童话故事的方式讲述出来。

卡尔和贝茜一方面很喜欢安妮,同时又觉得她非常神奇,而这种神奇孩子们是难以弄明白的。所以,她跟他们住在一起的时间越长,他们越是觉得她很神奇,以至于他们甚至觉得:有一天她会从他们面前"呼啦"一下消失得无影无踪。

在孩子们看来,只要安妮愿意,她就能从锁眼里钻过去,她也能像她讲的故事里那样,轻而易举地变出魔法来。当然,安妮自己并没有说过她能变出什么魔法来,只是孩子们觉得她无疑是属于童话世界的,并且跟精灵们一样有本领。

有一次,卡尔和贝茜来到了屋子后面的走廊,安妮正在那里忙着削土豆,他们便在她旁边长长的台阶上坐了下来。

"你们刚才那会儿肯定是到外面去了吧?"安妮说,"那么,你们一定看到他了吧?"

"看到谁?"孩子们问。

"谁?那个苹果树小精灵呗!"安妮回答道。她一边说,一边转动着手上的土豆,削出的土豆皮足足有三英尺长。"是不是很棒?"她说着便把长长的土豆皮在空中挥舞起来。

要是在平时,孩子们一定会对她削出的长长的土豆皮有兴趣,可是现在,他们只想听她讲苹果树精灵的故事。

"你见过他吗?"贝茜问。

"哦,你是说那个小精灵吗?我早就把他忘掉啦!"安妮笑了起来,"其实,我并不是每次都能把土豆皮削得这么长!如果你能把土豆皮削得很长而不断掉,那就是个好兆头:要么你会发现一个宝藏,要么你会捡到一个不属于任何人的钱包。"

柴棚的旁边长着一棵年代久远的苹果树,它枝叶繁

茂,盘根错节,躯干怪异。在苹果树树干的根部有一个洞,可以让一只正常大小的猫爬进爬出。

"那个小精灵就是爬进了苹果树的这个洞里去了吗?"卡尔问。

"不,他刚刚是从那里爬出来,然后从草地上跑掉了,"安妮回答道,"噢!我削断了一个了!"她接着又说道,因为她不小心把一条土豆皮断成了两截。

于是卡尔和贝茜便走到那棵苹果树那里,轮流朝洞里看,可是,洞里黑乎乎的,他们什么也看不到。

安妮一刻不停地削着她的土豆,并没有理会孩子们,直到他们跑回来又坐到她旁边的台阶上。然后,就像孩子们本该就知道是这么回事似的,她接着说:"是的,这棵树还是小幼苗的时候,他就住在这里了。"

"你是怎么知道的呢,安妮?"贝茜问。

安妮很惊讶地看了她一眼,但她并没有讲她是怎么知道的。

"当这棵苹果树还是一株小树苗的时候,"安妮说,"那个小精灵本来是住在树林里的一棵老橡树的里面。他是一个心地非常善良的小家伙,森林里的居民们有麻烦的时候,他总是不遗余力地给予帮助。兔太太的宝宝们吃了毒蘑菇的时候,小精灵便跑到兔太太的家里去,给他们对症下药,吃了他给的药后,兔宝宝们的小肚子就不疼了。是啊,他总是为所有住在大森林里的居民们做各种各样的好事。"

"问一句,小精灵长多高呢,安妮?"卡尔打断了她,突然问道。

"他真是可爱极了!"安妮回答道。她故意眯缝起眼睛,做出要把他的模样准确回忆出来的样子。"他大约有十二英尺那么高,他的红胡子一直齐到他的肚子上。刚才他从苹果树洞里出来的时候,他穿着一件绿色的外套,下身穿着一条黄色的齐膝短裤和一双白色的长筒袜。他戴的帽子形状像塔松,也是绿色的。"

"哇喔! 我好想见到他呀!"两个孩子一齐叫了起来。

"他一动不动地站着的时候,你是很难看见他的!"安妮告诉他们,"因为,他的外套和帽子是一种很特别的灰绿色,这种颜色会跟青草或树干的颜色很好地融合在一起。"

"那他为什么要离开森林,住到我们这儿呢?"卡尔很是好奇。

"我正要讲到这件事呢,"安妮笑着说道,"你们都知道,森林里住着很多种动物,他们当中有的与别的动物相处得不好。我要讲到的是,小精灵住的那个地方,正好就住着一个不喜欢小精灵的家伙。这个家伙是个皱巴巴的老头子，他的个头并不比小精灵高多少。可是，他身材矮小，却想用魔法来弥补，因为，有人给了他一本很大的魔法书，这本书跟他的身体差不多大，写满了魔法秘方。这个皱巴巴的小老头的名字叫明基，森林里的动物们都称他'魔法师明基'。明基跟小精灵相比，完全是两种不同的人，这种区别就像黑夜和白天的区别，因为小精灵总是乐于帮助那些需要帮助的人，而明基根本不想帮助别人。事实上，魔法师明基总是千方百计阻止小精灵做好事！"

"我的天！"贝茜惊叫起来，"我才不会喜欢明基呢！"

"我也不会的！"卡尔在一旁添油加醋。

安妮只是笑笑，让孩子们觉得，他们要学的东西还多着呢。于是，她接着讲她的故事："魔法师明基住在一棵树里，他住的那棵树离小精灵住的橡树很近。虽然小精灵知道明基就住在那棵树里，可是，他从来没有看到明基进出过那棵树的家门！小精灵看不到明基走出或走进那棵树，原因是这样的：明基占有的那本魔法书里有一剂非常、非常奇异的秘方，谁要是每天服用三次，这魔药就可以使他隐身。所以，这就是小精灵为什么看不到明基的原因，可是，明基看小精灵却是看得清清楚楚，并且，当小精灵穿过树林去帮助他的邻居时，他经常悄悄地在后面跟踪。这个叫魔法师明基的皱巴巴的老家伙看到树林里的居民们那么爱小精灵,他便生气得直跺脚。因为你们肯定明白,像他这样讨厌别人做善事的人,一定也不喜欢别人彼此相爱。他的这个习性,其实都是服用具有魔力的隐身药水造成的。这种药水是用非常、非常苦的树根和野草做成的,这些苦的东西要在第一个月里放在炉子上连续炖两整夜,这样隐身药奇苦无比,谁要是每天服用过三次,他的脸就会变得皱巴巴的,而且皱纹永远也褪不掉,并最终变得像明基这样脾气很坏,令人讨厌。

"你们都知道,每个人都喜欢看到快乐的脸,哪怕他自己是忧伤的。也就是说,喜欢看到别人笑这是人之常情。可是,明基最终变得丑陋无比,令人厌恶,所以他也就不喜欢看到别人开心了。所以,他千方百计要阻止小精灵做好人好事。

"不过,魔法师明基调制的这种隐身药水有一个很奇怪的功能。原来,它可以让明基在有眼睛的东西面前隐身,却不能让他在没有眼睛的东西面前隐身!"

"我的老天爷呀!"卡尔叫了起来,"哪有这样的事情?要知道,如果什么东西没有眼睛,他们自然也就不能看了呀!"

安妮哈哈大笑起来:"关于看见和看不见这个问题,你是对的,卡尔,不过,等我把这故事讲完了,你就会明白我的意思是什么了。

"魔法师明基走近狐狸弗雷迪或者鼹鼠米奇或者树林里其他动物的时候,他们虽然看不见他,但是可以闻到他的气味。所以,假如魔法师明基正一门心思地盯着什么东西看,而这些树林的生物正好轻轻地走过来的话,他们就会撞上他,并且会把他撞得人仰马翻!所以,你们一定明白,就算魔法师明基可以隐身,但是他还是可以被闻到,可以被触摸到。

"一天,树林里总是戴着漂亮的红帽子的邮差啄木鸟沃利给小精灵传话,说刺猬汉丽埃塔夫人请他火速赶到她家里去,因为她的双胞胎刺猬宝宝中的一个把一颗橡树果吞下去了,肚子疼得要命。小精灵二话没说,拎起药箱便冲出了他的树屋的家门,一路狂奔。就在他冲出家门的那一瞬间,魔法师明基正好透过锁孔往里面窥视,所以,当小精灵冲出家门时,迎面撞上了魔法师明基,把他撞翻在地。小精灵被这一撞吓了一跳,不过他什么也看不到,不知道自己究竟撞上了什么东西。因为他当时正忙着要出门,于是他捡起帽子又继续跑了出去,穿过树林,来到汉丽埃塔夫人家。当然啦,小精灵并不知道魔法师明基因为被撞了个四仰八叉而气得七窍生烟,他也不知道明基的手上正拿着一根棍子,而且一旦他追上小精灵,就会用它击打他。小精灵同样不知道,就在他打开汉丽埃塔夫人的家门并'砰'地把门关上时,魔法师明基就紧跟在他的后面。假如小精灵知道魔法师明基在他的后面跟得那么近,我相信,他也就不会

‘砰’地一声把门关上了。明基的长鼻子被夹在了门里面,而他身体的其他部分则被夹在门外。虽然门没有长眼睛,但还是把他紧紧地夹住了。

"进屋后,小精灵发现小刺猬并没有把橡树果吞下去,他只是很想吞下一颗橡树果,但是他又知道,如果真的吞下了,肚子就会疼,所以他哭了。这个小刺猬哇哇大哭的时候,谁也没有听见被门紧紧夹住鼻子的魔法师明基在嗷嗷大叫。最后,等小精灵给小刺猬喝了一调羹蜂蜜把他哄住后,大家这才听到魔法师明基在踢着门嚎叫着。

"不管是小精灵,还是汉丽埃塔夫人,都搞不清这叫声是怎么回事,于是,他们跑去把门打开了。门打开后,魔法师明基在他们面前气得都快要疯了,以至于他服用的隐身药都失效了。于是,这回他们终于可以清清楚楚地看见他了。

"天哪!魔法师明基一定是疯了!他操起一根粗大的棍子向小精灵打去,但小精灵把它从魔法师明基的手里夺了过来。然后,小精灵便从魔法师明基身边走开,回到了他自己的家里。但魔法师明基一路上跟着小精灵,边走边对小精灵说,他要如何对付他。'我要学一个魔法,把你变成猴子!'明基叫道。但小精灵装作没有听见,他走到他的树屋后,便直接进了家门,把门关上了,

这样,明基便不能再跟着他了。

"随后,魔法师明基也回到了自己的家里。他搬出了那本很大的魔法书,希望能找到一个魔法把小精灵变成猴子,可是,那本魔法书里没有变猴子的魔法。

"魔法师明基一夜都没有睡,他读着那本魔法书,想着各种坏主意去对付小精灵。到早上的时候,他把坏主意列成一个很长的单子。

"魔法师明基想出了各种各样的坏主意对付小精灵,但就是没有找到把他变成别的什么东西的办法。其实,他是没有办法把小精灵变成什么东西的,因为你们都知道,当一个人的心里装满了幸福和爱的时候,他的心里就不可能再被别的东西占据,所以,他也就根本不会被变成什么。不过,明基还是对小精灵干了很多坏事。他把毛刺放在小精灵的床上,又在他的门口拦上了绊脚绳,这样,小精灵出去散步的时候就会被绊倒。没过多久,小精灵被这些对付他的诡计搞得很厌烦,于是他把家从树林里搬了出来,到了我们这里,把他的新家安在这棵苹果树里。

"尽管如此,魔法师明基还是一路跟到了这里,对小精灵做各种各样的恶作剧。然而,有一天,明基不在家的时候,花栗鼠查理看到明基的家门开着,他便走了进去,发现了那本很大的魔法书。花栗鼠查理不识字,不过,他知道猫头鹰哈里是识字的,因为他在夜校里学习过很长很长时间。

"于是,花栗鼠查理便跑到猫头鹰哈里家里,把哈里带到了明基的屋子。在魔法师的屋子里,哈里从那本书里读到了怎样帮人把皱纹去掉的方法。他本来可以读到更多的东西,不巧的是,明基回家了,发现他们在读他的魔法书。

"魔法师明基很是生气,把他们从家里赶走了,但猫头鹰哈里把他读到的东西都记在心里,并且一见到小精灵就全部告诉了他。于是,小精灵调制出了去除皱纹的魔药。在森林里的居民们的帮助下,他抓住了魔法师明基,并用这个魔药擦遍了他的全身,帮他祛除皱纹。

"越是给他涂药,魔法师明基就越是把身体左扭右拧,并发出咯咯的笑声。直到他们把药涂完了,他们才明白,他们在给明基去除皱纹的时候他为什么一刻不停地笑着:他们正让幸福一点一点地进入他的心中,所以,等他们涂完药的时候,魔法师明基干脆坐在地上,不停地哈哈大笑,结果森林里的居民们都跑来了,想看看究竟是什么让他这么快乐。

"忽然,魔法师明基一把拉住小精灵的手,和其他动物一起跳起舞来,并且一直跳到筋疲力尽。

"我来告诉你们是怎么回事吧:这件事让森林里所有的居民都很快乐,也让小精灵自己非常快乐。

"魔法师明基就像换了个人似的,原先他是干瘪的、浑身皱巴巴的,现在则面容光滑、整天乐呵呵的;他把各位都请到自己那个安在大树里的家中,那里面还有一处具有魔力的、流淌着苏打水的泉水呢。

"明基告诉他们,任何时候只要他们想喝苏打泉水,都可以直接到他家里来,尽情享用。他还说:'我打算不再住在这里了,我要把这棵树送给森林里的居民们,作为他们聚会的场所!'

"于是小精灵问魔法师明基,他打算住到哪儿去,明基说,他想到别的地方找个住处。'明基,你为什么不跟我一起住到苹果树里呢?'

"明基说,他觉得那一定是个好主意,就这样,他便把家搬了出来,跟小精灵住在一起。就这样,他们俩一起在那里生活了很多很多年。你们知道吗,当你们看到小精灵和明基在一起的时候,你们是很难把他们俩区分开来的。当明基和小精灵为森林里的居民们做好事的时候,我敢说,他们也不知道,究竟是哪个在为他们做好事!"

"魔法师明基帮助小精灵照顾森林里的居民吗?"贝茜问。

"哦,是的!"安妮回答道,"他把那本又厚又大的魔法书里所有好的魔法都教给了小精灵,这样,他们俩就可以一起给森林里的居民做很多好事,给他们带来很多快乐啦。

"我的老天爷呀!刚才是敲十一点了吧?"安妮忽然大叫着站起身来,"我得赶紧去煎土豆,我听到你爸爸说,他今天要早点吃饭,这样他才能在一点钟左右赶到镇上!"

安妮说着便跑进了厨房,留下孩子们坐在门廊的台阶上,呆呆地朝那棵长满虬枝、浑身是瘤的老苹果树所在的方向张望,希望能看一眼小精灵,或者看一眼起初很丑陋、很自私,但后来变得很快乐、心中充满了对别人的同情和爱的魔法师。

第三章

马的高祖父、拾荒男子和精灵的故事

性格温和、年事已高的"家马"丹尼懒洋洋地走到了围栏边,站在那里,把他的鼻子靠在围栏最上面的横杆上。他时不时地把头甩向后背,把几只不肯飞走的苍蝇赶跑。不过,除非苍蝇咬他,否则他是不会动一下的,他所做的不过是抖抖后腿,要么就用尾巴懒洋洋地随便扫一扫。在卡尔和贝茜出生之前很多年他就生活在这个家里,如今他正享受着他的晚年——夏天的时候,每天饱餐一顿苜蓿,冬天的时候,每天都能享受一顿玉米和燕麦。

当然啦,丹尼从前也是活蹦乱跳、活泼可爱的,也曾经做出很多俏皮的事情。比如,有乐队奏起来的时候,有人忽然撑起一把伞的时候,或者有轨电车从他旁边开过去的时候,他会在路边欢快地跳起舞来。可是,丹尼如今年事已高,不会再去做那种天真痴傻的事情了;尽管他有时也想做出活力四射的样子,但更多的情况是,他睡在那里连翻一下身这点事情都懒得做了。

就在丹尼站在那里,把头靠在围栏最上面的栏杆上的时候,安妮从屋子里走了出来,给他一些糖吃。就在她和他说着话,用手摸着他那软软的鼻子的时候,卡尔和贝茜也从房子那边走来了,并跟她一起玩。

安妮给丹尼吃完最后一把糖之后,她便和孩子们一起在草地上坐了下来,仰起头来,看着眼前这匹疲惫的老马。忽然,安妮的眼睛里闪着光芒,只见她点点头说道:"丹尼,我敢说你刚才一定没有对我讲真话!"卡尔和贝茜都笑了,但他们都一声不响。"假如你们俩能懂得马说的话,我就让丹尼把刚才跟我讲的事情也讲给你们听!"安妮一边笑呵呵地说,一边往草地上一躺,并用两个手臂枕着头,"可是,你们听不懂他说的话,所以还是让我把他刚才讲的故事说给你们听吧。

"丹尼说,他的高祖父(当然也是一匹马)曾经为一个人干活,这个人没有别的什么营生,只是捡捡破布、瓶子、骨头,还有破铜烂铁什么的,然后再把这些东西卖给一个收破烂的人。丹尼的高祖父说,这个'拾荒男子'是一个非常温和、非常善良的人,他从来没有用鞭子抽打过他,也没有对他说过一句粗野的话。每天晚上,丹尼的这个马祖宗都要和拾荒男子一起回家。拾荒男子在自己吃晚饭之前,都要先给丹尼的这个马祖宗吃的、喝的。拾荒男子穷得叮当响,他每天只能挣几分钱。不过,城里所有的孩子都很喜欢拾荒男子还有他的老马,因为拾荒男子经常给他们一些硬币买糖果吃,而这匹马则乐意让孩子们爬到自己的背上,或者让他们拽他的尾巴,拨弄他的耳朵。

"可是,城里也有些人不喜欢拾荒男子。他们不喜欢他,要么是因为他只是个捡破烂的,要么是因为他很穷,不像他们那样住在漂亮的房子里,穿着华丽的衣裳。总之,在不喜欢拾荒男子还有他的马的那些人当中,有一个非常富有的人,他有非常华丽的衣裳,拥有很多、很多的金银财宝,还有很多的大房子。拾荒男子还有老马住的谷仓,实际上也是他家的。可是,这个富有的人从来都不肯为他的这些房子做点什么,他听任这些房子不断破旧,直至屋顶漏雨。大雨如注的时候,住在里面的人只好坐在床上打着雨伞。当然啦,也就没有什么人喜欢这个自私的富豪。但是,拾荒男子从来没有就

谷仓的事情埋怨过这个富人。相反,夜里回到家之后,他经常自己动手,把掉下来的板子用钉子钉好,其他需要修补的地方,只要是他能做的,他都去修补。

"一天,拾荒男子在一堆垃圾上翻捡东西的时候,捡到了一只很奇怪的小盒子。这只黑色的小盒子只有两英寸长,一英寸宽,盒子上还安着小小的铰链。原来,这个好心肠的拾荒男子有事情的时候总是要和丹尼的高祖老马交谈,于是,他现在便把这只奇怪的盒子举在手上说:'你看看,这只好玩的小盒子是干什么用的呢?'因为老马实在不知道它是干什么用的,他便一言不发。于是,拾荒男子便把小盒子放进了口袋,继续在垃圾堆上翻捡。捡完了布头还有破铜烂铁后,他便把这些东西运到了收旧货的人那里去,换到了十个便士,然后,他就和老马一起回家了。走在回家的路上,他们遇见了十个小男孩,看他们的样子,好像是肚子饿了,要吃东西,于是这位好心肠的拾荒男子就给每个小男孩一个便士,让他们去买面包吃。

"他们回到家后,拾荒男子先给丹尼的高祖父老马吃的和喝的,然后他自己才到谷仓里的另一个地方,吃自己的晚饭。拾荒男子吃完晚饭后,从口袋里掏出了那只奇怪的小盒子,仔细端详,接着他又把它拿在手上摇晃,里面传来咔嗒咔嗒的响声。

"老马可以从窗户看到并听到,他甚至还看到拾荒男子拿出了刀子去撬盖子上生了锈的铰链。

"奇怪的小盒子上的盖子终于被撬开了,你们猜猜里面是什么呢?啊,你们一定猜不到的,"安妮说,"因为我们的老丹尼在给我讲这个故事的时候,我自己也动脑筋猜过,不过我最终还是猜不出来!原来那是一个神经质的精灵。神经质的精灵往往是浑身起皱的、很小很小的精灵。而眼前这一个,据他自己所说,已经在这个小盒子关了很多很多年了,跟传说中的那个渔夫在瓶子里发现的那个魔鬼一样。你们还记得吗?这个精灵只有一英寸半高,尽管他身体很小,但关在那么小的一只盒子里,还是非常拥挤的。要是他不会魔法,待在里面一定会挨饿的。这个精灵重见天日后显得特别高兴,跳到了一只茶杯上,并在拾荒男子的桌子上跳起舞来,踢踢踏踏地踢着他小小的鞋跟,他发出的声音跟老鼠的叫声差不多。

"这个精灵是拾荒男子所见到的最可爱的小东西,看着这个小家伙跳来跳去,发出'吱吱'的叫声,他禁不住笑了。最后,这个精灵终于跳够了,他在拾荒男子的杯沿上坐了下来并说道:'非常感谢你把我从这个盒子里弄出来!现在我让你随便许愿,而且,你所许的愿一

定能够实现！你想要多少钱就能得到多少钱,你喜欢什么东西就能得到什么东西!'

"这让拾荒男子想起他小时候读到的一个关于一个男人和他老婆的故事。那对夫妇获得一个许三个愿的机会,老婆希望得到一串香肠,这个愚蠢的愿望使她丈夫很生气,气哼哼地说,真希望这香肠就挂在她的鼻子上。这样一来,只剩下了最后一个愿望,而这最后一个愿望则是希望香肠能从他老婆的鼻子上掉下来。这样,三个许愿机会用完后,这对愚蠢的夫妇什么也没有得到,跟许愿之前一样。所以,拾荒男子对这个精灵说:'虽然我把你从这只奇怪的小盒子里放出来了,但我不求回报,因为,看到你由于得到了自由而很快乐,我就已经得到回报了。'

"听他这么说,精灵摘下自己的小帽子,茫然地挠着头,'居然是这样!'他尖声尖气地叫道,'你是我所遇到的第一个什么都不贪求的人!'

"'唉!'拾荒男子回答道,'你瞧瞧,我有个非常亲密的老朋友,他正在窗户那边,朝这里看着呢,我们俩每天为生计奔波,看遍了人间的芸芸众生。他们有的很富有,有的很贫穷,但我们发现,幸福并不意味着需要拥有财富,幸福并不意味需要拥有仆人,因为我们发现,那些最贫穷的人有时也是天底下最幸福的人!'

"精灵听了这话,戴上他的小帽子,从拾荒男子的杯子上跳了下来,沿着桌面走了过去,伸出他那一点点大的小手,去跟拾荒男子握手。拾荒男子开心地笑了,伸出两只指头,捏住精灵的那只一点点大的小手,跟他握手。

"'不管怎么说,我还是要感谢你!'他对精灵说,'不过,我的确什么都不企求!'

"随后,精灵对拾荒男子眨了眨眼睛说:'既然如此,那就请你还把我放回这只奇怪的小盒子,再把我随便丢到街上什么地方。因为,千百年来,谁把我从盒子里放出来,我就让谁许愿,而你是我所遇到的不贪求那些愚蠢的东西的第一个人!你把我装进这只盒子丢掉后,你会发现,我已经送给你某种东西,它虽然不是你所需要的,但它却是人世间最珍贵的礼物!'就这样,拾荒男子把这个一点点大的小精灵放回了这只小盒子,第二天把他丢在了他走过的路上。拾荒男子和老马一起,跟以前一样,每天继续在城里捡拾着破布和瓶子,还有各种废铜烂铁,卖给收废品的人,挣到几个便士。而小孩子们还像以前一样,喜欢拾荒男子,并且跟老马一起玩耍。孩子们的爸爸妈妈也非常喜欢拾荒男子,因为他对每个人都非常慷慨、友善。就连城里那些以前不喜欢拾荒男子和他的老马的富人,现在见到他们的时候,也对他们非常友好地点头!"

安妮讲到这里忽然打住了,她停了一会儿,似乎是在想她要不要继续讲下去。这时,两个孩子突然问:"可是,安妮,那个古怪的精灵送给拾荒男子并不需要的东西是件什么礼物呢?"

"哈哈!"安妮笑了,"你们从屋子里出来那会儿,我自己也问过老丹尼这件事,可是他太困了,我想,丹尼一定是把精灵送给拾荒男子的什么礼物给忘了。我也没有办法搞清楚,除非丹尼现在告诉我们!"

"那是什么礼物呢,丹尼?"孩子们问。

听见有人叫他的名字,这匹老"家马"把一只耳朵稍稍竖起,把尾巴在后背上懒洋洋地甩了甩,但他并没有睁开眼睛。

"你们现在明白了吧?"安妮一边笑着,一边用手指对疲惫的老马指了指,"我说过,他自己也不清楚,当然啦,假如他继续讲下去,把整个故事都讲完,我也不觉得奇怪!"

第四章

花纹蛇和三个精灵的故事

一天,安妮驾着由老马杜宾拉的小马车进城买东西,孩子们当然也跟着她一起去。老杜宾,大家都知道,是老马丹尼的弟弟。当小马车走上通向房子的那条小路时,一条小蛇扭动着身子,摇摇摆摆地横穿小路,老杜宾一脚正好踩在了她的身上。安妮猛地把缰绳拉住,但为时已晚,没能救这小东西一命。她和孩子们连忙从小马车上爬了下来,察看小蛇的情况。这是一条颜色很鲜艳但又无毒的蛇，人们通常叫她"花纹蛇"。

"可怜的小东西！"安妮说，"说不定她刚才正要去杂货店给她妈妈买东西呢！"

"她的尾巴还在摇着呢！"卡尔说，"她会摇到太阳落山。我们家的那个雇工是这样说的！"

"她摇尾巴并不是因为这个原因！"安妮边说边爬回小马车，把缰绳在杜宾的背上猛地一抖。

"你们都知道，小精灵们都是非常有趣又很调皮的。"安妮说。

"是的！"孩子们回答道，尽管他们不知道这跟小蛇摇尾巴有什么关系。

"听我说吧！"安妮说，"在一条绿色的小河的岸上，有一个用泥巴做的小屋，小屋里住着三个小精灵，他们是小精灵古比、小精灵吉比、小精灵高比，他们是三兄弟。虽然他们都是长相很古怪的小东西，大大的眼睛，大大的耳朵，不过，由于他们的身体非常小，他们都非常可爱。他们穿着——"

"他们有多小呢，安妮？"卡尔问。

"大约有十英寸高，"安妮回答道，"他们戴着有圆点的小帽子，穿着有圆点的裤子和外套，他们的眉毛都直直地往上竖着，跟你们在图画里看到的小精灵一样。小精灵古比、小精灵吉比和小精灵高比住在泥巴屋里，花纹蛇乔特鲁德帮他们把屋子打扫得干干净净,还帮他们做饭!"

"花纹蛇乔特鲁德帮他们扫地吗?"卡尔很想知道。

"当然啦!"安妮回答道。

"呵呵呵!"卡尔笑了起来,"她没有手怎么扫地呀?"

安妮收起缰绳,让马停了下来,似乎是要强调下面她要说的话。"小精灵们做了一把扁平的刷子,"安妮说,"他们又在刷子上系上两根带子。所以,花纹蛇乔特鲁德想打扫地面时,她就爬过去,让自己的身体穿过两根带子上的圆扣,然后,她再扭动着身体在房间里爬行,直到把房间打扫得干干净净,她每天都是这么干的。好啦,如果你们还要问花纹蛇是怎么做家务的,我不会告诉你们啦!"安妮笑着说,"你们自己得动脑筋去想!"

"好吧,还是继续讲故事吧,"她接着说,"这三个小精灵,古比、吉比和高比,经常捉弄别人,所以,他们被人家捉住后,就经常被人家打耳光。当然,这样可不好。所以,每当这三个小精灵出门去捉弄什么人的时候,他们总要对花纹蛇乔特鲁德说:'听着,假如混世魔王老糊涂蛋或者别的什么人到我们屋子里来,并且说他们要等我们回来才肯走,你得从门缝里把尾巴伸到外面,并且不停摇动。如果我们看到你的尾巴在摇,我们就会知道,那个家伙来了,我们就会等他走了再回家!'花纹蛇乔特鲁德向他们保证,她一定做到。

"可是,你们一定知道,小精灵古比、吉比和高比捉弄过很多人,做过很多恶作剧,所以,那个古怪的小泥巴屋里总有很多人等着揍他们的屁股,打他们的耳光。结果,花纹蛇乔特鲁德的大部分时间都是把尾巴从门缝伸到外面,不停地摇着,因为她不知道三个小精灵究竟什么时候会回来并被人家捉住。

"有一天,三个小精灵捉弄了混世魔王老糊涂蛋,并且差点儿被他抓住,于是老糊涂蛋暗暗发狠:'我这就到他们家去,一直等他们回家,然后我要用鞭子抽他们!'于是,他用刀子砍了三根树枝:一根用来抽打小精灵古比,一根用来抽打小精灵吉比,一根用来抽打小精灵高比。然后,他便朝那个古怪的小泥巴屋走去。他没有敲门就直接进了屋子,发现花纹蛇乔特鲁德在烙煎饼给小精灵们当晚饭。

"花纹蛇乔特鲁德一看到混世魔王老糊涂蛋拿着三根树枝进来了,心想:'糟了,他这是来抽他们的。'于是,她停下了烙饼的活儿,连忙把尾巴从门缝伸出去,开始摇动。

"混世魔王老糊涂蛋,从他的名字看,他是很糊涂,其实,他并不是那么傻!"安妮说,"于是,他把眼镜戴上,用手搓了搓鼻子。'哼!'他恶狠狠地自言自语着,'我进

来时，花纹蛇乔特鲁德在忙着烙煎饼，可是一看到我满脸怒气，拿着三根树枝，她就游到了门口，把尾巴伸到了外面！这是我第五次来这里抓小精灵，每次我都看到她这么做！'

"于是，混世魔王老糊涂蛋便走到外间的厨房，装着去喝水的样子，但他并没有去喝水，而是悄悄地跑到了外面，把屋子的前面打量了一遍。混世魔王老糊涂蛋回到屋子里的时候，禁不住笑了，因为他刚才从外面看到，乔特鲁德的尾巴正伸在门外，不停地摇着，就像一个旗号员摇着旗子要火车停下来似的。混世魔王老糊涂蛋什么也没有说，他先是走到厨房里，把小精灵们的煎饼和枫汁糖浆吃了个精光,然后,他来到外间,一屁股坐了下来,瞪着眼睛盯着花纹蛇乔特鲁德。天渐渐黑下来的时候,乔特鲁德说:'混世魔王先生,呃,我好像听到你老婆在叫你呢!'混世魔王老糊涂蛋却说:'不可能,乔特鲁德,你不会听到我老婆叫我的!这是为什么呢?因为我没有老婆!'

"天色越来越晚,露水已经在草叶上凝结,花纹蛇乔特鲁德心想:'可怜的小精灵古比、吉比和高比,你们会被露水淋湿的,露水会从你们身上滴下来的。我敢打赌,你们一定会挨饿的!我真希望混世魔王老糊涂蛋马上回家呀!'她一边摇着门外的尾巴,一边苦思冥想,并

最终说道:'混世魔王先生,我好像听到你妈妈在叫你呢!'混世魔王老糊涂蛋说:'不会的,乔特鲁德,你不会听到我妈妈叫我的!这是为什么呢?因为我没有妈妈!'他说完这话便拉过来另一张椅子,并把两只脚搁在上面,睡起觉来。可是,花纹蛇乔特鲁德还在一刻不停地摇着门外的尾巴,摇了整整一夜,因为她不知道,三个小精灵究竟什么时间会回来。当然,花纹蛇乔特鲁德哪里知道,小精灵古比、吉比和高比早已钻进了一个土拨鼠的洞里去睡觉了。要是知道他们睡觉了,她也就不必这么麻烦,不停地摇着尾巴了。可是,她不知道,所以就继续信守着她的诺言,不停地摇着她的尾巴,一直摇到早上。最后,她实在太累了,不知不觉地睡着了。

"所以,当小精灵古比、吉比和高比回到家的时候,也就没有看到花纹蛇乔特鲁德把尾巴伸在门外不停地摇动,所以他们便认为混世魔王老糊涂蛋已经回家了。所以他们便进了屋,并且'砰'的一声把厨房门关上。关门声把混世魔王老糊涂蛋惊醒了,结果他把三个小精灵狠狠地抽了一顿,把三根树枝都抽烂了才回了家。临走前他又撂下狠话,说下次来还要更加狠狠地揍。

"一开始,小精灵古比、吉比和高比对花纹蛇乔特鲁德很是生气,但她把自己将尾巴伸在门外摇了一个通宵的事情对他们原原本本地讲过之后,他们也就原谅她了。'不过,'他们说,'这样被人家逮住,总不是个办法。我们得控制你的尾巴,即使你被人杀了,你的尾巴还会继续摇动。'于是,他们调制了一种魔力药水,并把它倒在花纹蛇乔特鲁德的尾巴上。打那之后,即使乔特鲁德睡着了,她的尾巴也会不停地摇动。后来,花纹蛇乔特鲁德取了一些这种魔药,送给了其他所有的蛇,这就是蛇被杀了之后尾巴还会不停地摇动的原因。"安妮讲到这里,老马杜宾刚好在屋子的边门旁停住,她便动手把车上的货物往屋子里搬了。

第 五 章

为什么瓢虫是红色的

"你好啊,小瓢虫莉齐!"安妮伸出一只手,手背上有一只刚刚爬上去的瓢虫。

卡尔和贝茜都聚到安妮的身边,看着那小小的生物将自己皱巴巴的棕色翅膀收起,藏在那红色的、像帽子一样的外壳下面。这时,安妮说:"哦,不!这根本不是瓢虫莉齐!一开始我还以为它是呢!"

"你怎么知道它不是呢,安妮?"卡尔问道。

"那很简单!"安妮回答道,"你看,他应该是瓢虫拉里！他的衬衣下摆露出来了,你可以从这里认出他!"安妮向孩子们展示了那皱巴巴的棕色小翅膀,还有一小部分没有完全被瓢虫收进外壳里。当瓢虫拉里用自己的前脚梳理完自己小小的眉毛时,他开始向安妮手背上高一些的地方爬去。"现在,仔细看!"安妮轻声说道,"接着你就会发现,瓢虫的小脑瓜有多笨了!"果真,当瓢虫拉里爬到安妮手背上的最高点时,她将手翻转过来,于是瓢虫就被翻到了下面。"你们看!"安妮笑了起来,"他每次都会从下面爬到上面来,无论你把手掌翻来翻去多少次!"

"他为什么要那么做呢?"贝茜不理解。

"因为他并不知道除了这还能做什么!"安妮笑道,"我猜啊,他以为他已经旅行了很长的一段距离,以为自己已经走了很远的路,而事实上,他还在自己出发时的地方！就像生活中的很多人那样!"安妮又补充了一句。

"所有的瓢虫都这么笨吗?"卡尔问道。

"几乎所有的瓢虫都这样!"安妮说,"那就是他们恰好都被涂成了红色的原因!"

"哦,安妮!"贝茜叫道,"瓢虫就是长那样的,他们不是被涂成红色的!"

"安妮一定很清楚她为什么要这样说。"卡尔告诉贝茜。

"瓢虫现在都是这种颜色了,"安妮严肃地说,"但是,在很久以前,他们都曾是白色的!白得就像雪花一样!"

"那是什么时候呢,安妮?"两个孩子异口同声地问道。

"哦,那是很久很久以前的事了。等我检查过炉子里的面包,我会告诉你们过去发生的一切。"正说着,安妮走进了厨房。而那只瓢虫,还在她的手上一圈又一圈地绕着。

不大一会儿,安妮走出厨房并坐在门廊的台阶上,而两个孩子将她夹在中间。就在安妮继续讲述瓢虫的故事的时候,那只瓢虫仍然在她手上绕着圈,而孩子们则目不转睛地盯着它看。

"是的,没错!过去,瓢虫都和雪一样白。他们住在大森林里的一个灌木丛中。他们的房子是用橡果做的，又小又可爱。那房子上有三扇窗户，以及一扇可爱的小门。那房子上甚至还有烟囱，而房子里有两个房间，一个厨房，一个客厅。这个客厅白天是瓢虫的会客室，晚上则成了他们的卧室，因为他们有一个折叠沙发，展开来能变成床，又软又舒适，在白天，它看起来就是一个红色的长沙发。那里住着最初的两只瓢虫，他们是瓢虫妈妈和瓢虫爸爸。瓢虫妈妈在扫掉早餐的面包屑，并把床折叠成红色长沙发之后，经常外出串门。而瓢虫爸爸则走出房子，沿着小小的虫子常走的小路到小虫子们的村庄去。瓢虫爸爸每天都将他的午餐带在身上，因为，这样一来，他就可以到天黑才回家。所以，你知道，这就给瓢虫妈妈留下了充裕的时间，让她去拜访邻居们，并在瓢虫爸爸回家之前出去逛逛街。

"好吧，接着往下讲！一天瓢虫妈妈看着瓢虫爸爸走出了橡果小屋那扇小小的前门，沿着虫子小道走着，然后消失在视线中，也就是大约三四英尺远的样子。

"瓢虫妈妈转身便戴上她那顶黑色的帽子上了路，到蚱蜢开的商店去买一些种子，好在第二天烘焙。正当她一边走一边唱着瓢虫的歌时，瓢虫妈妈走到了蝈蝈阿姨的家门口！"

"蝈蝈阿姨的屋子长什么样呢？"卡尔很想知道。

"嗯，"安妮笑了，"蝈蝈阿姨，体型比瓢虫妈妈稍稍大那么一点儿，所以她的房子也更大些。她的房子是用一根削得很光滑的玉米棒子做的，有两扇门，在玉米棒的两端各有一扇。蝈蝈阿姨的房子不像瓢虫妈妈的那么可爱，因为她的房子上没有窗子，更没有烟囱，只有一个长长的房间，就和走廊一个样。但是，你们知道吗，每次瓢虫爸爸经过蝈蝈阿姨的玉米房子时，他都会叹着气说：'我真希望可以住在一个长长的房子里啊！'而瓢虫妈妈每次去蚱蜢开的商店时，她都会停下来看看蝈蝈阿姨，然后自言自语：'我真希望我可以住在一个长长的房子里啊！'而这天早晨，当瓢虫妈妈去拜访蝈蝈阿姨时，她终于大声地说了出来：'我真希望我可以住在一个像这样的长房子里呀！'于是蝈蝈阿姨回答道：'看在老天爷的份上，瓢虫妈妈，你可以拥有这个房子，而且我表示欢迎，因为我已经准备好要搬家了！'

"'你要搬到哪里去呢？'瓢虫妈妈问道。

"'我准备搬到蟾蜍巷去住呢，搬到一个全新的、有红色地板的玉米棒房子里去！'

"'看在老天爷的份上！'瓢虫妈妈叫道，'那么我想，我会在你搬家之后立刻搬进来住啦，蝈蝈阿姨！'

"'好啊！'蝈蝈阿姨说道，'我的东西基本上都已经搬走了，只剩下这几张椅子了。蟋蟀查理马上会用他的毛毛虫拉的车来装的。就剩这最后一车东西了！

"'也许我也可以请他帮我搬家吧？'瓢虫妈妈问道。

"'我想他肯定会帮忙的。但是如果他今天天黑了才能回来的话,你怎么办呢,瓢虫妈妈？'

"'那样的话,我想我会等到他回来的。'

"就在这时,这两位朋友听到了蟋蟀查理的小马车的声音。它的轮子'吱呀吱呀'地响着。于是,她们都向屋子的前门望去,看到蟋蟀查理正驾驶着他的小马车,沿着小路向蝈蝈阿姨的玉米棒房子驶来。

"瓢虫妈妈问蟋蟀查理能不能帮她把家里的东西都搬出那间小小的橡果房子。蟋蟀查理回答说,他很乐意在帮助蝈蝈阿姨搬到新的玉米棒房子之后,回来给瓢虫妈妈帮忙。

"于是瓢虫妈妈与蝈蝈阿姨相约,将来她一定会去蝈蝈阿姨的新房子拜访她的,并请蝈蝈阿姨也一定要回来看看她自己。

"在蝈蝈阿姨离开之后,瓢虫妈妈坐了下来,心想：'我认为我应该跑到镇上去,好告诉瓢虫爸爸这件事。瓢虫爸爸一定会十分开心的。'

"然后,瓢虫妈妈一路跑着来到了虫子村庄,将事情的经过告诉了瓢虫爸爸。果然不出她所料,瓢虫爸爸高兴极了。

"'哦,那么这样吧,瓢虫妈妈!'瓢虫爸爸说道,'现在你就立刻回家,将那些盘子都打好包。而我会带很多油漆过来,将玉米棒房子好好地粉刷一下,让它看起来就和蝈蝈阿姨的新房子一样!'

"瓢虫妈妈认为这是个好主意,于是她跑回家去收拾餐具,而瓢虫爸爸带着很多的油漆,把玉米棒房子那长长的房间粉刷一新。可是,在蟋蟀查理还没从蝈蝈阿姨那里回来的时候,天色渐渐地暗下来了。但是瓢虫夫妇并没有回到他们那小小的、舒适的橡果房子去过夜,相反,瓢虫爸爸跑来说道:'瓢虫妈妈,我们就在这座新房子里过一晚上,怎么样?'瓢虫妈妈回答道:'还用问么,当然啦!'于是,他们在黑漆漆的夜里唱着跳着,跑到他们的玉米棒房子里。但是,房子里刚刷上的油漆还没有干,这对愚蠢的瓢虫夫妇只能爬到天花板上,在那里挂了一整夜。"

"如果是我的话,我情愿待在那个小小的橡果房子里。"贝茜说道。

"我也是!"卡尔叫道。

"很好,这正是我要说的!"安妮朝还在绕着自己手不断往上爬的瓢虫笑了笑,表示同意,"尽管油漆没有干,他们还是跑到这新房子里来了。为了不沾上油漆,他们爬到了客厅的天花板上。可是,夜里他们基本上没有睡成觉,因为总有一些体型比他们大得多的动物,夜间在树林里穿行。他们踩到了玉米棒房子,它就从小山坡上滚了下去。玉米棒房子往山下滚去的时候,待在屋子里的瓢虫夫妇便开始沿着长长的客厅的四壁奔跑。一开始,他们还只是在天花板上跑,可是,当玉米棒房子翻转过来时,他们发现自己已经跑在还没有干的油漆上了。他们的脚上沾满了没干的油漆,于是当他们再次爬上天花板时,他们脚下就打滑了,唰啦!就这样,他们后背朝下,直接摔到了还没干的油漆上!"

贝茜和卡尔想到瓢虫夫妇在玉米棒房子滚下山时,绕着屋子爬来爬去的样子,就禁不住要笑。于是他们和安妮一起,全都开心地笑了起来。

"最后,"安妮说道,"在玉米棒房子停止滚动时,瓢虫妈妈和瓢虫爸爸都已经筋疲力尽了,于是他们便在原地躺下,呼呼大睡了。到了早晨,可以想象,他们都成什么模样啦!他们的背上沾满了红色的油漆,而且经过了一整晚,已经完全干透了。于是,从此以后,他们不再是好看的白色瓢虫,而是变成了红色的瓢虫。

"瓢虫妈妈看着瓢虫爸爸,哭得稀里哗啦;而瓢虫爸爸看着瓢虫妈妈,也哭得稀里哗啦。他们哭啊,哭啊……最后,他们想起了自己舒适的小橡果房子,他们打开玉米棒房子的门,发现门外正是自己的小橡果房子。原来,玉米棒房子夜里一路滚下山后,就正好停在了他们老家的门口。

"瓢虫妈妈和瓢虫爸爸冲进屋子,并开始烧水,希望用热水洗掉背上的油漆。但是无论他们怎么刷怎么洗,都只能刷下一小点的油漆。时间长了,那些被刷出的小点都变成了黑色。瓢虫夫妇没有办法,只好任那些斑点留在自己的背上。接着,"安妮将手上的瓢虫吹了出去,让它在空中高高地飞着,"他们就永远是那副模样,红色的外壳上带着黑色的斑点。后来他们有了孩子,但他们的孩子也是红色的外壳,上面也有着黑色的斑点!"

"我猜啊,那天晚上瓢虫夫妇在玉米棒屋子里爬上爬下,让他们习惯了永远要爬上随便什么东西的上面去,就像这只瓢虫绕着你的手往上爬这样!"卡尔笑了起来。

"我认为事实就是这样!"说着,安妮站起身走进厨房,去看看面包是不是已经烤好了。

第六章

九个绿眼睛的小精灵

"很久很久以前,有九个绿眼睛的小精灵!"当孩子们缠着安妮要她讲故事时,她便讲了起来,"而他们有九个红眼睛的小精灵妻子。她们的眼睛是红色的,因为她们一天到晚都在哭泣。她们总是很悲伤,不管那九个绿眼睛的小精灵做什么,似乎都不能让她们高兴起来。

"如果碰巧遇上一个下雨天,一个绿眼睛的小精灵会看向窗外,说一声:'喔嚯!今天下——雨——喽!'接着那九个小精灵妻子就会用不同的音调一齐哭起来,真是热闹极了,于是那九个小精灵丈夫便跑到厨房里,用手帕捂住嘴巴,这样他们的妻子们就听不到他们的笑声了。因为,这九个绿眼睛的小精灵都是整天乐呵呵的小家伙,不管什么事情,在他们的眼睛里,都是非常有趣的。

"当这群小精灵早上起床发现是一个晴朗的好天气时,一个绿眼睛小精灵会看向窗外说:'喔嚯!今天会是个美妙的日子!'可是,那九位小精灵妻子又会用不同的音调齐声大哭。你们一定都明白了,不管是晴空万里还是乌云密布,在那些红眼睛的小精灵妻子看来,天底下没有如意的东西。

"事情就是这样的,"安妮大声地叹了口气,"九个绿眼睛的小精灵丈夫与他们的九个红眼睛的小精灵妻子,生活在一起已经有九百年了。九百年来,九个小精灵妻子年年唉声叹气,天天泪水涟涟。终于有一天,绿眼睛的小精灵们再也受不了这样的生活了,于是他们离开屋子,来到了后面饲养精灵马的精灵谷仓,商量了很长时间。就这件事,他们谈了足足有两个小时。九个小精灵最后得出的结论是:没有什么好的办法,除非到外面的世界去寻找驱除他们妻子悲伤的秘方。于是他们回到屋子里,各自收拾好了行李,然后一一和自己红眼睛的妻子吻别。接着他们骑上自己的九匹精灵马,但耳边还

安妮姑娘讲故事

回响着妻子们的嚎啕大哭。他们飞遍世界的每个角落,寻找能让他们的红眼睛妻子笑起来的良方。

"当九个绿眼睛的小精灵来到了道路的尽头,他们再也无路可走,出现在他们眼前的是一个大峡谷。他们停了下来。这时,一个小精灵开口说:'现在,让我们分头去找吧,把最有趣的东西找回来。到年底的时候,我们再回到这条道路的尽头会合。然后,我们一起回家!'其他的小精灵都表示同意。于是他们彼此挥手告别,骑着各自的精灵马飞到了峡谷的上空,然后他们都朝着自己确定的方向飞走了。

"年底的时候,这九个小精灵再次在那条路的尽头会合了。他们每一个都为自己的妻子准备了礼物。于是他们都挥手说:'你好啊!'然后就以最快的速度骑着自己的精灵马飞奔回家。当他们到家时,那九个红眼睛的精灵妻子都坐在家里的客厅里哭着。当绿眼睛的小精灵丈夫走进来时,九个小精灵妻子一起哭道:'你们到底去了哪儿啊?'她们是如此高兴能看到自己绿眼睛的精灵丈夫平安归来,于是她们由大哭改成抽泣。

"那九个绿眼睛的小精灵你看看我,我看看你,都莫名其妙地眨着眼睛。他们无法理解,为什么当一个人十分开心时还要哭哭啼啼的。不过,他们什么也没说,只是在客厅的地板上坐了下来,开始把他们为妻子带来的礼物打开。

"第一个绿眼睛小精灵拿出一个外表奇特的小盒子,并将它递给自己红眼睛的精灵妻子。看到这个礼物,她和其他红眼睛的精灵妻子都不哭了。'打开它!'第一个绿眼睛小精灵说。于是所有的小精灵都安静了下来,他们一动不动地看着精灵妻子打开那个奇怪的盒子。当红眼睛的妻子拨开那个怪盒子的搭扣时,盒盖便自动弹了起来,一个小丑从里面蹦了出来,撞到了她的鼻子上。看到这一幕,那九个绿眼睛的小精灵都笑倒在地上爬不起来,他们一边笑着一边滚来滚去,双脚踢个不停。而那九个红眼睛的精灵妻子呢,又开始用不同的音调哭了起来,哭得稀里哗啦,直到另一个绿眼睛小精灵打开自己的包裹,她们才消停。

"就这样,哭哭笑笑地,所有的礼物都被拆开了。其中一个小精灵带回来的是一只有着红色、黄色和蓝色羽毛的鹦鹉,它还会用各种奇怪的音调唱一些滑稽的歌曲。那只鹦鹉的歌让九个绿眼睛的小精灵笑得滚来滚去,但是那九个红眼睛的精灵妻子还是哭泣着,抽噎着。

"每当一个礼物被拆开时,那九个绿眼睛的小精灵都觉得非常非常有趣,而那九个红眼睛的小精灵妻子都认为那些礼物非常非常让人伤心。

"于是那九个绿眼睛的小精灵聚在一起商量道:'这

根本不管用!没有什么能让她们高兴!除非让她们感到难过,否则她们就会一直伤感下去!如果我们要让她们开心,或许就应该先让她们感到更难过些才行!'

"然后,他们又来到屋后精灵的谷仓里,悄悄地商量。第二天早晨,那九个绿眼睛的小精灵都假装自己还没有醒。这时,一个精灵妻子从窗户往外面看,发现外面下雨了。

"'哦,天哪!外面下雨了!'她叫道,同时泪如雨下。这时,其他的红眼睛的精灵妻子也都哭了起来。接着,那九个绿眼睛的小精灵问道:'发生什么了?'他们的声音听起来迷迷糊糊的样子。'外面在…在…在下雨!'九个红眼睛的妻子抽噎着回答道。

"'天啊!'一个绿眼睛的小精灵叫了起来,'外面在下雨!'接着,突然间,九个绿眼睛的小精灵都嚎啕大哭

起来。他们抽噎着,他们的妻子们也抽噎着。他们就这样在抽噎、啜泣中度过了漫长的一天。

"第二天早晨,一个红眼睛的精灵妻子起得特别早。她看向窗外,看到了明媚的阳光。'哦,天哪!'她叫道,'阳光非常明媚呀!'接着,其他的红眼睛的精灵妻子都哭了起来。

"待她们把这个消息告诉那九个绿眼睛的小精灵时,他们也立刻哭了起来。于是他们就这样在抽噎、啜泣中度过了漫长的一天。

"晚饭后,九个绿眼睛的小精灵互相眨了眨眼,然后一起开始大声地哭,能有多大声就有多大声。他们哭了

一整晚,结果红眼睛的精灵妻子们一刻也没有睡着。在吃早饭时,九个绿眼睛的小精灵并没有吃早饭,而是坐在地上,一直哭啊叫啊,仿佛他们小小的精灵的心都要碎了。那九个红眼睛的精灵妻子完全不明白发生了什么,只得静静地在一旁吃早饭。

"于是,接下来的一天,那九个绿眼睛的小精灵继续整日整夜地哭闹,他们哭闹的声音是如此之大,以至于九个红眼睛的精灵妻子只能跑到厨房去,用手绢堵上自己的耳朵。在接下来的六天里,九个绿眼睛的小精灵不管碰到什么事情都要哭闹,甚至连停下来喝水的工夫都没有。在这期间,他们的妻子倒是吃惊不小,以至于忘记了她们自己的悲伤。接着,那九个绿眼睛的小精灵觉得他们已经哭得够多了,于是,忽然间他们就停止了哭闹。

"于是那九位红眼睛的精灵妻子走上前去拥抱她们的丈夫,说道:'你们不知道,能让你们停止那愚蠢的、没有意义的哭闹,我们有多欣慰!如果我们不是如此爱着你们的话,我们也许会抄着扫帚把你们赶出家门的!'

"接着,那九个绿眼睛的小精灵越过妻子的肩膀,向彼此眨了眨眼睛,说道:'我们发誓以后再也不像这样又哭又闹、浪费时间了!'

"他们的妻子回答道:'这样很好。毕竟你们无法想象,在没什么可抱怨的时候,你们却杞人忧天,大哭小闹

的,那是多么愚蠢呀!'

"在那之后,九个绿眼睛的小精灵和他们红眼睛的精灵妻子一起,过着最快乐、最美满的生活。因为他们都再也没有为任何事情悲伤流泪过。没过多长时间,那九个红眼睛的精灵妻子就变成了九个绿眼睛的精灵妻子,因为我们都知道,"安妮说道,"哭会使我们的眼睛变得非常非常红,但是如果我们一点都不哭,我们的眼睛总是会保持它们最自然的颜色。而对于所有快乐的小精灵而言,他们的眼睛最天然的颜色,就是像星星一样明亮地闪烁着的绿色。"

"那么那些小精灵的妻子最后有没有明白,她们的丈夫那样做是故意开玩笑的呢,安妮?"贝茜问道。

"哦,是的!"安妮回答道,"而且当那九个小精灵把这个玩笑告诉他们的妻子时,她们笑得和丈夫们一样开心,因为,你们一定明白,她们早就不会哭了。"

第 七 章

花生里的精灵

家里的雇工从城里回来时,给孩子们——卡尔、贝茜和安妮——带了三袋子花生。他们谢过雇工后,便"呼啦"一下跑到了果园里,坐在树下吃起了花生。

"从前,有个满脸皱纹的精灵住在一处高高的山顶上,"安妮说,"他也是一个非常吝啬的小精灵,与别人老死不相往来。一看到有人上山朝他的屋子走来,这个皱巴巴的小精灵就立刻跑回家躲起来,担心客人向他借什么东西。一天,这个小精灵看到一个高个子陌生人在往山上走,朝他的房子走来,他心里便想:'瞧,这是谁呢?他要干什么呢?我敢说他一定会向我要吃的。'小精灵的心里转着这些自私的念头,连忙跑进了自己的花园,在葡萄架下面躲了起来,等那个陌生人走了才出来。第二天,那个高个子陌生人又来了,这个吝啬的小精灵又跑到了花园里,躲到了葡萄架下面,等那个人走了才出来。可是,这个小精灵哪里知道,那个高个子陌生人原来是一个魔法师。他到这里来,是要把一件什么东西交还给小精灵,那是他很多很多年以前丢失的。

"魔法师第二次爬到山顶并去过这个小精灵的家之后,他便开始纳闷:'好奇怪啊,我每次到他家去,他都不在家。看来我下山走到第一户人家时,我得问问他这个邻居,什么时候来他最有可能在家!'

"于是,那个魔法师便来到这个邻居的门口,敲了敲门,一个小男孩和小女孩出来开了门,并对他说:'早上好!'

"'早上好!'魔法师说,并用手拍了拍两个长着卷发的小毛头,'请问你们知不知道什么时间到小精灵家去找他最合适?'

"'哦,是这样的,'两个孩子回答道,'你会发现他随时都在家里,因为他从来都不肯离开山顶。'

"'可是,我刚才就在山上,'魔法师说,'但他并不在家呀。'

"小男孩和小女孩笑了起来。'哦,他一定是在家里的,不过,他或许是以为你想跟他借什么东西,他就跑到哪里躲起来了。他是个吝啬鬼。'他们说。

"'看来,'魔法师说,'我要捉弄他一下。'他说着便给了孩子们每人一枚金币,然后离开了那里。

"第二天,他爬上了一棵树,这样他就可以从高处观察小精灵的山头,爬在树上,他看到小精灵正在屋里屋外地忙碌着呢。就在魔法师在树上观察着的时候,他看到一位老妇人正在往山上爬,小精灵一看到有人来访,便立刻跑进了他的花园,在葡萄架的下面躲了起来。这样一来,可怜的老妇人爬了这么长的山路,却没有见到他,只好往回走。

"魔法师随后便从树上爬了下来,朝山脚走去,并在那里遇上了那位可怜的老妇人。见她在哭,他便问她:'你为什么哭呀,老奶奶?'

"'因为我们家一点面包也没有了,而我老伴又生病在床。我刚才到山上小精灵家,就是想借点面包的,可是,谁要是想跟他借东西,他没有一次是在家的。'

"'别哭了,别哭了,老奶奶,'魔法师说,'擦干你的眼泪吧,如果您只是差吃的,我可以给您,一点问题没有。'他说到这里,忽然钻进身后的灌木丛,从他的腰带里拿出一只圆圆的盒子,又从盒子里取出一块圆形的白色鹅卵石(他要交还给小精灵的就是这个东西)。魔法师把这一小块鹅卵石拿在手上,先斜着摸了一遍,然后又在上面画着十字摸了两遍,口中念念有词:'霍库斯,普库斯!给这位好心的老奶奶一篮子好吃的、好喝的东西吧!'一眨眼工夫都不到,他面前的地上就出现了一只装满了食物的篮子,上面还有一瓶饮料呢。

"魔法师把篮子提给老妇人,她非常非常感激。'假如我也有小精灵家那样的农场,'老妇人说,'我很快就会富裕起来,就可以报答您的恩情了!'

"'哦,请不要感谢我,老奶奶。能给您吃的、喝的,我很高兴。我只求您做一件事作为回报,请您明天早上这个时候在这里等我。'

"这位小个子的老妇人向魔法师保证,她第二天一定会在小精灵家的山脚下等他。第二天,魔法师来到山脚下时,他发现老妇人果然等在那里。

"'是这样的,'魔法师说,'我希望你再一次爬到山上到小精灵家去,到了他家门口时你就喊他,然后你必须坐在他家大门口的台阶上,等我到了再说。'

"'好嘞。'小个子的老妇人答应了一声便开始往山上去。

"然后,魔法师便跑向那棵树,又爬到了树上,这样他便可以观察小精灵的动静。就在他观察着的时候,他看到小精灵又跑进了他的花园,在葡萄架的下面躲了起来。

"于是,魔法师从树上爬了下来,爬到了小山上,来到了小精灵的房子前,发现小个子老妇人正坐在台阶上等他呢。'老奶奶,您看到小精灵了吗?'魔法师问。

"小个子的老妇人笑了笑。'没有啊,真的没有,'她回答道,'不管哪个邻居来拜访他,都见不到他呢,因为他太吝啬了,就害怕别人来借他的东西,所以他就跑开藏起来了。'

"'这个我知道的,'魔法师说,'因为我昨天看到他躲着你,今天又看到他躲着你。'接着他把他怎样爬到树上去观察的事情对小个子的老妇人讲了一遍。

"然后魔法师和小个子的老妇人走到了屋子的后面,并大声喊道:'嘿,小精灵!'可是,里面一点动静也没有。

"于是他们又喊:'哈罗,小精灵!'但里面仍然没有一点动静。于是魔法师和小个子的老妇人便来到了花园的旁边再往里面喊:'嗨,小精灵!'但小精灵还是躲在葡萄藤里面一动不动。

"魔法师只好又喊了一遍:'听着,小精灵!假如你真的还想从花园里出来,在我数到三之前你必须出来!'

"于是,魔法师数到了三,可是,这个皱巴巴的精灵还是躲在葡萄藤里面,一动不动。

"这时,魔法师从他的腰带里取出了那只圆圆的小盒子,并从那只圆圆的小盒子里取出了那块白色的小鹅卵石。他先用手斜着在鹅卵石上摸了一遍,然后又在上面画着十字摸了两遍,口中念念有词:'霍库斯,普库斯!就让这个小精灵永远躲藏在葡萄藤里面吧!'

"随后魔法师转身对小个子的老妇人说:'你丈夫现在好些了吗,可以爬上这座小山吗?'

"小个子的老妇人回答说:'哦,还不行。他年纪那么大,身体那么虚弱,把头从床上抬起来都很困难呢!'

"'老奶奶,看来你得等在这里,等我去把他带过来。'

"魔法师说着便朝山下走去,来到了小个子老妇人的棚屋,在棚屋里的床上,他见到了一位老人。'你好啊,老大爷!'魔法师用轻松愉快的语气说,'您今天感觉好些了吗?'

"这位瘦小的老人苦笑了一下回答道:'我今天觉得有点力气了,谢谢你。'

"魔法师笑了,对他说:'我这儿有点药,它可以使你觉得自己又是年轻人了!'他说着便把药倒进了杯子,再和了一半的水,把它端到了老人的嘴边。瘦小的老人喝完这药之后,便用惊奇的眼神看着魔法师,又看看自己

的手。然后,他又用手摸摸自己的胳臂,眼睛瞪得大大的,眼珠简直要滚出来了。因为魔法师所给的药是魔药,它已经把这个瘦小的老人变成了一个年轻人!

"'现在您的感觉怎么样?'魔法师问。

"男子哈哈大笑,一脚把铺盖从床上踢开了。'正像您所讲的那样。'他说着紧握住魔法师的手,对他表示感谢。

"'听着,'魔法师说,'你会在山顶上找到老奶奶的,我希望你把这个药带给她,这样,她也会像你一样变得年轻的。'

"'谢谢您,谢谢您,'已经变成年轻人的老人回答道,'可是,老奶奶在上面那个小精灵家里干什么呢?她非常清楚,小精灵永远不会帮助我们的,他总是东躲西藏的。我还是个小男孩的时候他就是这个样子,现在还是这样!'

"魔法师听了这话哈哈大笑起来,把他观察小精灵的事情对这个男子说了一遍。接着又说:'你和奶奶可以住到小精灵的屋子里去,因为,小精灵永远也不能从他藏身的葡萄藤里面出来了。'

"就这样,魔法师与男子握手并与他道了别,然后目送着这个男子手里拿着魔药,蹦蹦跳跳地往山顶上跑去。

"一年时间不知不觉过去了。有一天,一个衣衫褴褛的妇女爬上了曾经属于小精灵的那个山头,敲响了曾经属于小精灵的屋子的门。

"'赶快进来吧!'两个欢快的声音一齐喊道。这个衣衫褴褛的妇女走进屋子后,一位身材娇小、年纪轻轻的夫人(在服用魔法师的魔药之前她就是那个小个子的老妇人),和她丈夫一齐跑出来迎接这个衣衫褴褛的陌生妇女。'您饿了吧?'他们问。没等这个陌生妇女回答,他们便跑到食品柜那里,端来了吃的和喝的。

"就在这时,衣衫褴褛的妇女扔掉了斗篷,摘下了帽子,他们俩才知道,原来是他们的老朋友魔法师来了。

"'哈!哈!哈!这是跟你们开个玩笑,'他大笑道,'我是想看看,你们是怎么对待客人的。'

"小个子男子和小个子夫人与魔法师一起大笑起来:'您尽管放心,自从您让我们过上幸福生活后,我们总是尽最大努力帮助别人,这是我们的快乐所在。'

"'啊,听你们这么说,我很高兴,'魔法师笑着说,'因为,帮助别人、乐善好施所获得的乐趣总要比靠贪婪

荟蓄获得的乐趣多得多。'

"'的确,我们已经发现这种乐趣了!'年轻的夫人说。

"接着他们便和魔法师又是聊天,又是参观,一起度过了很长时间。

"就在魔法师离开他们之前,年轻的夫人跑进了花园又跑了回来。'我们找到了那个皱巴巴的精灵啦!'她叫道。

"'那倒奇怪了!'魔法师回答道,'我的魔法没有不灵的,而我说过他会永远消失的。'

"'哦,对不起,'年轻的夫人回答道,'您是说让这个小精灵永远躲藏在葡萄藤里面的吧?而他现在的确藏得很好。'

"年轻的夫人说着便递上了一颗花生,就像这颗,"安妮说,"然后她把花生瓣开,就像这样!"安妮把拿在手上的一颗花生剥开了。"接着,年轻的夫人把花生仁从壳子里面取了出来,就像这样;然后她把这颗花生仁从中间扒开,裂成两半,就像这样!"安妮把两瓣花生仁拿在手上,"在两瓣花生仁中间藏着的,就是当初的那个皱巴巴的精灵!"

"让我们看看,安妮!"孩子们叫了起来,"真的藏在里面吗?"

"当然,"安妮回答道,"在你剥开的每一颗花生里,你都会发现那个小精灵藏在两瓣花生仁之间。"

孩子们仔细看了看,他们发现的确是这样。

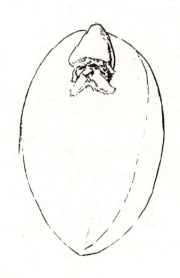

第 八 章

精灵的乐园

"土拨鼠乔治亚娜夫人住在那边大草坪的下面,她的家挨着栅栏,"安妮说,"不过,她很羞涩,有成年人在附近的时候,她总是不肯从她的房子里出来。当然,在她去市场上买菜的时候,我们有时候也能看到她一两眼。我们还经常看到她不请自来地吃我们花园里的蔬菜呢!"

"家里的雇工昨天说,他有时候会拿着一把步枪,坐在栅栏后面守候一整天呢!"卡尔说。

"噢,他以后就不会了!"安妮笑着说,"因为我已经把那把枪藏起来了。他也跟我讲过这件事呢。"

"他干嘛要对土拨鼠开枪呀?"贝茜问。

"呃,你们都知道,"安妮回答道,"雇工只是希望花园尽可能整洁一些,而土拨鼠乔治先生还有他的土拨鼠孩子们有时会把花园弄得很乱!"

"啊!"卡尔叫了起来,"这有什么关系?我们种的东西总是吃不完,多余的东西就留在那里烂掉!"

"你说得对,卡尔,"安妮笑道,"可是,家里那个雇工可不这样想。你们听我往下讲吧。当土拨鼠乔治亚娜对她的一个土拨鼠男孩说:'威利,拿上篮子,给我跑到花园去取些蔬菜回来吧。'于是,土拨鼠威利会'嗖嗖'地跑得飞快,他的心会像大男孩的心那样欢快地跳着,因为他这是在帮他妈妈的忙。可是,他跑到花园里的时候,假如他看到一个身材魁梧的雇工从栅栏的后面站起来,用手里拿着的一个什么东西发出'砰'的一声响,你们可以想象,威利会被吓成什么样子。你们都明白,土拨鼠们并不知道花园里的蔬菜是雇工种的。土拨鼠们以为,人们把蔬菜种在那里是为了大家,谁去拔都可以。所以,他们并不知道,他们把蔬菜弄走是一种偷窃行为!"

"我很想知道土拨鼠们玩什么东西娱乐呢?"卡尔问。

"噢,那你就不用担心了,"安妮笑了起来,"他们玩的东西可多啦,我正要跟你们讲这些呢。你们一定知道,几乎所有动物的视力都比我们人类的好,因为大自然母亲给了他们锐利的眼睛。所以他们经常看到小仙女、小精灵、小矮人、小妖精,还有别的这些东西。所以,假如精灵们不反对的话,对土拨鼠乔治亚娜来说,看见他们是件很容易的事。

"一天,一个精灵真的希望有人看见他,因为在土拨鼠乔治亚娜扫地的时候,他一直走到了她门口,并对她说:'早上好啊,土拨鼠乔治亚娜。今天天气不错,是不是?'

"土拨鼠乔治亚娜抬头朝四周看了看,看到了这个小精灵,便对他说:'早上好,可爱的小精灵!是的,天气好极了。'

"接着,只见小精灵的脚趾头在松软的土里蹭来蹭去,看样子,他是想要点什么,可是又不好意思开口。于是,乔治亚娜用土拨鼠特有的笑容笑了笑并问他:'你想要什么呢,小精灵?'

"这时,小精灵也用精灵们特有的笑容笑了笑说道:'我很想要一块抹了糖的黄油面包。'

"于是,土拨鼠乔治亚娜把扫帚靠在门上对他说:'到厨房里来吧,精灵先生,我去看看有些什么!'

"土拨鼠乔治亚娜说着便在前面带路去了厨房,打开了食品柜的门。'你想吃什么样的面包呢,精灵先生?'土拨鼠乔治亚娜问,'是黄油面包上抹糖呢,还是黄油面包上抹蜂蜜,还是黄油面包上抹山莓果冻呢?'

"小精灵有点不知所措,看上去很不好意思的样子。于是土拨鼠乔治亚娜又笑了,并对他说:'好吧,精灵先生,你就在那张椅子上坐会儿吧,我给你弄一块抹糖的黄油面包,再给弄一块抹蜂蜜的黄油面包,最后再弄一块抹山莓果冻的黄油面包!'

"这些她都弄好了,然后,她又给了小精灵一杯泉水,等他把三块面包都吃完后,她又帮他把嘴四周的山莓果冻擦干净,并且问他:'你吃饱了吗?'

"小精灵说:'是的,谢谢你,你做的很好吃呢。'

"'你喜欢我就很高兴。'土拨鼠乔治亚娜说。

"'我想我现在得回家了。'小精灵回答道。

"'你住在哪里呢?'土拨鼠乔治亚娜问他。

"'你想看看我住的地方吗?'小精灵问她。土拨鼠乔治亚娜很惊喜:'当然想啦!'见她这么想去,小精灵便说:'那好啊,跟我来吧。'

"就在他们正要离开屋子的时候,土拨鼠乔治、土拨

鼠威利,还有土拨鼠威尼回来了。

"'你们这是去哪儿呀?'他们都问土拨鼠乔治亚娜。

"'这位尊敬的小精灵正带我去看他的家呢。'土拨鼠乔治亚娜回答道。

"'如果他们愿意,也可以一起去的。'小精灵说。

"于是,土拨鼠一家子便跟着小精灵去看他住的地方了。

"你们听着,"安妮笑着说,"你们永远都猜不到小精灵究竟把他们带到了什么地方,还是仔细听我讲吧。他带着他们先穿过了栅栏,然后又到了那边的小河边,接着他在河边的一块大石头上轻轻地敲了敲,那块大石头就自动升了起来,于是他们便一起顺着台阶,走到小河下面的地下。'你们每次想来看我时,'小精灵说,'都得在这块石头上敲三下,同时,嘴里还要悄悄地说:'希基尔迪,皮基尔迪!'

"之后,小精灵带着土拨鼠一家子走进了一条地下通道,一直走到一处很可爱的小房子那里,也就是你们想象中的小精灵们住的那种房子。'我们到啦!'小精灵说,'你们看到的东西都可以随便取,我过会儿要离开一下。'

"于是,土拨鼠一家就在小精灵的花园里逛了起来,眼前的一切让他们惊讶不已,一个个眼睛都睁得圆溜溜的。他们在花园里见到的第一样东西是一长溜矮树。这些树每棵都不一样。在一棵树上长着很多漂亮的小拖鞋,有红的,有蓝的,有黄的,有绿的。有的树上长着袜子,有的树上长着小裤子,有的树上长着裙子,有的树上长着小软帽,有的树上长着小礼帽。也就是说,穿戴的东西全长在这些小树上,像领带什么的,真是一应俱全。土拨鼠一家子现在所要做的就是从树上采摘适合自己穿戴的拖鞋、袜子、裤子、裙子、软帽、礼帽;现在你们自然想象得到,土拨鼠一家一个个都打扮得漂漂亮亮的,一家人之间都认不出谁是谁了。

"这时,小精灵从屋子里出来了,见他们一家都采摘到了喜欢的衣裳,他非常高兴,并告诉他们,小精灵一直在为森林里和田野里的小动物们栽种各种各样的衣服。随后,他带着他们出了花园的后门,出现在他们眼前的是一个大乐园,那里不但有表演和秋千,还有糖果铺子,爆米花店,花生脆糖店,柠檬水亭子,还有卖冰激凌苏打的。此外,那里也有喷泉、过山车和旋转木马,真是应有尽有。当然,这些东西跟我们玩的不一样,都很小,是给森林和田野里的小动物们玩的。在这个乐园里,成百上千的小动物坐在过山车上,骑在旋转木马上,吃着冰激凌和棒棒糖,一起玩,一起闹,乐翻了天。'你们一定知道,'小精灵说,'所有这些小动物都是精灵们邀请来的客人。精灵们的法律规定,在精灵的世界里,严禁打斗、争吵,也不得伤害他人!'

"幸福快乐的土拨鼠一家在这里看到了各种小动物,一点也不奇怪。他们看到老狐狸先生正和兔子夫人一起坐在旋转木马上,玩得不亦乐乎;黄鼠狼威妮弗蕾正带着两个花栗鼠小男孩在这个巨大的乐园里逛着。

"'现在我得告辞了,'小精灵对土拨鼠一家子说,'因为我要去带别的动物们来,让他们像你们一样,也能获得许多快乐。如果你们要离开这里,就直接走到你们刚才进来的地方,把刚才说过的口令对大石头再说一遍,这样你们就可以回家了!'

"于是,土拨鼠乔治亚娜、土拨鼠乔治、土拨鼠威利、土拨鼠威尼都对小精灵表示了感谢,并邀请他下次再到他们家去。然后,他们便来到了其他的小动物当中,把想吃的东西都吃了一遍,还喝了冰激凌苏打,又坐了旋转木马和过山车,一直玩到该回家的时候。

"打那之后,土拨鼠一家只要想去玩,他们就走到大石头那里,说一声:'希基尔迪,皮基尔迪!'就可以走下台阶,到精灵的乐园里和别的小动物们一起玩。当然啦,成年人几乎不知道精灵乐园,所以,他们以为田里和森林里的小动物们没有什么娱乐。

"很可能是这样的,"安妮说,"白天的时候,当我们以为小动物们都躲在他们小小的房子里的时候,他们实际上已经在地下的精灵乐园里一起玩着呢,并且把他们在地面上遇到的烦恼抛到九霄云外去了。"

"我好想到精灵的乐园去看一看啊,你们呢?"卡尔问贝茜和安妮。

"想啊,"贝茜回答道,"我现在就很想坐一坐过山车,喝一大杯冰激凌苏打呢。"

"看小动物们都穿着精灵们种出来的衣服在精灵乐园玩,一定非常酷。"卡尔说。

"精灵的乐园的确是小动物们的天堂,"安妮恍恍惚惚地看着草地对面土拨鼠们的洞穴,若有所思地说,"因为,根据精灵世界的法律,在精灵乐园,所有的动物都必须是朋友,而跟朋友在一起,这本身就是巨大的幸福。"

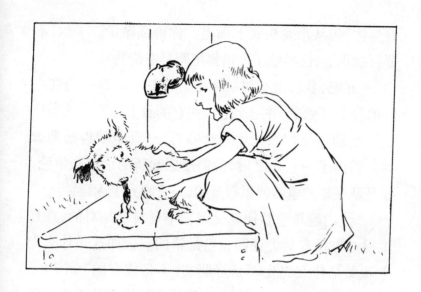

第九章

"这是什么先生"和"那是什么先生"

"这是什么先生和那是什么先生曾经为谁'对'谁'错'发生了争吵。"安妮说。这会儿她正把小狗放到了抽水泵的水龙头下面,卡尔在抽水给它洗澡。"这是什么先生说跳蚤是蹦的,可是,那是什么先生却说跳蚤是跳的。"

"嘿,嘿,别乱动!"安妮叫着,因为小狗不停地扭动着身体，想从水龙头底下逃走。"你得洗澡了。卡尔，不要再抽水了，已经够了。请你把肥皂递给我。"

"好吧，我们继续讲故事吧，"安妮一边讲一边在小狗的身上打肥皂，并把肥皂沫在它的身上抹开。"这是什么先生和那是什么先生争呀吵呀，一直争吵得筋疲力尽。消停了一会儿之后，他们便想起新的话题来争论，于是新一轮的争吵便重新开始，一直吵到上床睡觉。

"他们越是争吵便越是深信不疑自己是对的，并且觉得对方没有能力证明自己是错的。假如这是什么先生和那是什么先生不是好朋友，不是住在同一个屋子里，不是睡在同一张床上，也就不会这样无休无止地争吵了。假如他们第一次争吵过后就分开，也许他们早就把争论的内容忘得一干二净了。

"可是，他们偏偏住在一起，而且，只要出门他们总是形影不离，所以，他们一吵就是好几个星期。

"你们看，不管他们什么时候去'兴高采烈杂货店'，他们都会在装饼干的大桶旁边坐下来。他们本可以与邻居们寒暄寒暄，可是，他们却无休无止地争论。结果往往是这样的：只要这是什么先生和那是什么先生走进兴高采烈杂货店，斯尼多利和格林威兹总会把跳棋盘往旁边一推，走到杂货店外面去，等他们争吵结束之后再进去。

"可是，这是什么先生和那是什么先生总是赖在店里不肯走，总是坐在饼干桶的旁边争论，一直吵到兴高采烈杂货店夜里关门打烊。于是，其他的邻居们来的时候，他们往往会先朝店里张望一下，如果这是什么先生和那是什么先生在里面，他们就会到金旺理发店或者别的什么地方去打发时间。

"呃，一天，一户新来的家庭搬到了兴高采烈杂货店旁边拐角处的那个洞里。当天晚上，这个家庭的主人走进了杂货店，在饼干桶的旁边坐了下来，并与邻居们互相认识了。可是，没过多久，这是什么先生和那是什么先生也走进了店里并坐了下来。'晚上好！'纠缠不休先生说——'纠缠不休'是他的名字。这是什么先生和那是什么先生对那个新邻居说了声'晚上好'之后，又开始争论了。

"'我跟你讲，那是什么先生，你错啦！'这是什么先生叫道。

"'我告诉你，我是对的，是你错啦！'那是什么先生回答道，同时，把一只手伸进饼干桶，顺手抓了满满一把饼干。

"'我告诉你，我肯定是对的！'这是什么先生叫道，也像那是什么先生一样，把手伸进饼干桶，抓了满满一把饼干。

"'看上去明天可能要下雨。'纠缠不休先生边说边

把手伸进饼干桶,抓了满满一把饼干。

"'它们是跳的!'那是什么先生嚼着满嘴的饼干说。

"'它们是蹦的!'这是什么先生也嚼着满嘴的饼干说。

"它们跳的时候,怎么可能蹦呢?"这是什么先生叫了起来,同时又把手伸进桶里,抓了满满一把饼干。

"'天上的乌云都起来了,看来今天夜里要下暴雨了!'纠缠不休先生说着,又把手伸进桶里,抓了满满一把饼干。

"'不管怎么说,它们是跳的!'那是什么先生嚼着满嘴的饼干叫道。

"'不管怎么说,它们是蹦的!'这是什么先生也嚼着满嘴的饼干叫道。

"'你们在吵什么呀?'纠缠不休先生嚼着满嘴的饼干问。

"'跳蚤!'这是什么先生说。

"'跳蚤!'那是什么先生说。

"'那是什么先生说跳蚤是跳的!'这是什么先生一边说,一边把手伸进装李子的盒子里,抓了一大把。

"'这是什么先生说跳蚤是蹦的!'那是什么先生一边叫,一边也把手伸进装李子的盒子里抓了一大把。

"'它们是这样的!'这是什么先生叫得面红耳赤。

"'它们不是这样的!'那是什么先生也叫得面红耳赤的,'它们就是跳的!'

"'哦,原来你们是在争论这个啊,是不是?'纠缠不休先生哈哈大笑起来,也把手伸进了装李子的盒子,抓了一大把李子,'明白了,明白了!哈,哈,哈!'

"'你笑什么呀?'这是什么先生问。

"'他在笑你呢,'那是什么先生叫道,'他知道,跳蚤是跳的!'

"'哈,哈,哈!'纠缠不休先生继续笑着,'你们俩都错了,跳蚤是蹦跳的。'

"'我的天哪!'这是什么先生说。

"'天地良心啊!'那是什么先生说。

"'是的,没错,'纠缠不休先生说,并又把手伸进了装李子的盒子,抓了一大把李子,'每个人都知道,跳蚤是蹦跳的。没错的,就是这样。'

"'我早就知道它们是蹦跳的,'这是什么先生和那是什么先生一齐说,'但我就是不肯说出来。'

"于是,这是什么先生和那是什么先生握手言和,并且保证今后不再争吵了,随后他们便回家去了。

"回到家中后,这是什么先生说:'其实我一直都知道跳蚤是跳的。'而那是什么先生也说:'我呢,也一直知

道跳蚤是蹦的,但我们却一直较着劲,为一点芝麻蒜皮的事情争吵不休。'

"'是啊,'这是什么先生回答说,'我真为自己感到难为情。'

"'我也为自己感到难为情呢。'那是什么先生说。

"于是,"安妮用一块布把小狗的后背擦干,并继续说道,"这是什么先生和那是什么先生端出一碗红色的油漆,在对方的脸上画了一道长长的微笑。你们一定想象得到,他们都觉得自己太固执,有一个星期时间他们都笑不出来。这就是为什么你们平时看到的这是什么先生和那是什么先生的图画上,他们的脸上都画着一道长长的微笑的原因。"

"是的,可是我们还没有见过一个真的'这是什么先生'和'那是什么先生'呢。"卡尔和贝茜边笑边说道。

"那你们就看看那个家伙吧,好不好?"她正说着的时候,刚刚洗完澡的小狗已经跑到了满是尘土的路上,在那里打着滚呢,"它是不是很像一个'那是什么先生'?"

"它像'这是什么先生'呢!"贝茜咯咯直笑。

第十章

蚱蜢大军营救小精灵

"你们有没有注意到,蚱蜢看上去是不是很像马呢?"安妮把一只又大又黄的蚂蚱举到孩子们跟前,好让他们看得仔细点,并且问他们。"你们看!"安妮接着说,"它身上还戴着马的轭套呢!"

"说不定蚱蜢就是精灵们骑的马。"贝茜作出了很大胆的猜测。

"谁知道呢?"安妮回答道,"不过,我要告诉你们一件事,很久以前,蚱蜢在精灵们最需要帮助的时候,曾经救过他们。"见孩子们很想听这个故事,安妮便开始讲蚱蜢大军营救小精灵的故事——

"呃,这当然也是很久很久以前的事了。在大森林里,在一段圆木的下面,住着一群跟你们的小拇指一样大小的可爱的小精灵。就是在那段圆木的下面,小精灵们把那里的沙石掏掉,在地底下修建了墙壁和通道。那里夏天很清凉怡人,到了冬天,则非常暖和、舒适。地面的积雪不管覆盖多长时间,都不会影响到小精灵们。因为,在他们小小的家里,有一个小小的烟囱经过圆木里的一个洞,一直通到外面。所以,在一整个冬天,甚至当霜人杰克扯断了树上的树叶,把地面上动物的鼻子和耳朵冻得通红的时候,他们的小小壁炉里总有噼里啪啦的小小火焰,这让他们的客厅总是很明亮,又很温暖、舒适。

"住在圆木下面的这些小精灵们都非常善良,他们虽然快乐嬉戏,但他们从来不做恶作剧。事实上,他们似乎是通过为别人做好事、做慷慨的事而自得其乐。所以,森林里的小居民们,凡是认识他们的,全都非常喜欢他们。

"有一年冬天,天寒地冻,整个大森林里到处都是积雪,小精灵一家在圆木下面舒适的家里正坐着,忽然有个人从森林里走来,把圆木搬回了家当柴火。当然,不管这件事是谁干的,他肯定不知道这圆木正是小精灵一家人的屋顶,要不然,他一定会去搬别的木头的。大圆木被搬走后,小精灵在家里只好往更深的地底下钻,所以,在很长一段时间里都不曾有人发现他们。后来,他们上到地面去查看,看究竟是谁动了圆木。坏脾气巫婆当时正好从那里路过,她发现了这些小人人,除了一个小精灵之外,其余的都被她捉住带回家了。如果坏脾气巫婆把他们带回家是出于好意倒也罢了,然而,她这样做却是出于邪恶的念头。她在捕捉这些小精灵的时候是这样盘算的:'我要把他们养到夏天,到时再把他们卖给别人,把他们拿去做展览。'

"因为你们一定明白,"安妮接着说,"谁都愿意拿五便士或十便士去看一眼不比你们小拇指大的可爱的小精灵的。继续听故事吧。坏脾气巫婆回到家中后,便用木板做了一个小盒子,并给小盒子上了一个挂锁,所以,除了她没人能打开。"

"她不给他们吃的东西吗?"卡尔问。

"噢,吃的东西是给的,"安妮回答道,"坏脾气巫婆明白,如果不给他们吃的,这些小人人是活不到夏天的。但是,她只给他们吃一点面包屑,而且,很多夜里她会忘记给他们任何吃的东西。"

"她一定很坏、很凶。"贝茜说。一想到有人虐待这么可亲、可爱的小东西,她就气得满脸通红。

"她确实很坏、很凶,"安妮表示赞成,"但坏脾气的人考虑自己总比考虑别人更多,要不然他们也就不是坏脾气的人了。

"尽管小精灵一家在木头盒子里吃不到他们自己习惯的食物,他们还是坚持到了温暖的阳光把冰雪融化的时候。渐渐地,树叶和小草变绿了,换上了夏天的衣裳。就在这时,坏脾气巫婆因为吃了太多的毒蘑菇得了重病,得卧床很多天,这样一来,这些小精灵就什么东西也吃不上了。

"如果不是那个从坏脾气巫婆手上逃脱的小精灵,

现在这些小精灵的结局真的不敢设想。可以想象，很多天之后，盒子里的这些小东西一定会变干、枯萎，最终变成一些像装在盒子里的玫瑰花瓣。虽然这些小精灵不知道他们的小兄弟的下落究竟怎样，但他并没有把他们遗忘。当初坏脾气巫婆把小精灵捉住并带回家的时候，这个小精灵便一路尾随着坏脾气巫婆，一直跟到她家里。坏脾气巫婆做梦也没有想到的是，他悄悄地住在她家厨房的炉子下面，并等待时机，准备把他的兄弟姐妹们从那个拥挤不堪的小盒子里救出来。有很多次，在夜深人静的时候，坏脾气巫婆睡得很沉，这个小精灵曾试图打开木盒子上的那个挂锁，可是，没有钥匙他无法打开，而坏脾气巫婆又总是把钥匙挂在自己的脖子上。跟那些多疑的人一样，她总是害怕会有人发现这些小精灵并将他们从她手里夺走。

"总之，虽然夏天来了，但坏脾气巫婆由于重病在床，她也就没法出门，去把这些小精灵卖给马戏团的人。

"那个在厨房里炉子下面藏着的小精灵发现巫婆生了重病，却打心眼里同情她，毕竟得重病总是一件糟糕的事，对坏脾气的人也是一样，可是，他不知该如何帮助她。所以，他所能做的就是白天待在炉子底下，夜晚的时候想办法去打开盒子上的那只挂锁。

"一天夜里，坏脾气巫婆的病发得比平时更重了，就在这个小精灵试图打开盒子上的挂锁的时候,他忽然听见有人在说话:'你到底想干什么呀?'他朝四周看了看,看到一只从厨房门下面爬过来的蚱蜢,他正站在那里盯着他看呢。

"'我想打开这只盒子,'小精灵抬头一看,原来是蚱蜢乔治,于是他便这样回答他,'因为坏脾气巫婆把我所有的兄弟姐妹全锁在里面,我敢说,他们住在这个拥挤不堪的盒子里一定非常疲惫!'

"'那还用说,他们一定很不舒服!'蚱蜢乔治边说边挠头,希望能想到一个办法,帮助这个小精灵把其他的小精灵都救出来。蚱蜢乔治挠着头,挠着挠着,终于挠对了地方,终于想到了一个主意。'你在这儿等着,我去去就回!'他对小精灵说。于是,蚱蜢乔治又从厨房门下面爬了出去。不大一会儿,他又回来了,带着成百上千个蚱蜢,他们是他的伯伯、叔叔、阿姨、舅舅、舅妈、堂兄弟、堂姐妹、表兄弟、表姐妹、爷爷、奶奶、外公、外婆……只见蚱蜢乔治跳到盒子上对大家说:'现在,我先开始干,等我干累了,另一个蚱蜢接着干,他累了后,其他的再接上,用不了多久,我们就能把所有的小精灵都从这个盒子里救出来了。'

"那个小精灵很想知道蚱蜢乔治会用什么方法把盒子打开,但没过多久他就明白了。是这样的,"安妮一边讲,一边把那只蚱蜢举在手上。"每一只蚱蜢都长着很特别的长腿,看上去像锯子似的。蚱蜢乔治想到的办法当然就是这个啦。所以,他就在盒子的顶上先坐下,然后用一条腿来锯。这条腿累了之后,再用另一条腿继续锯,直到把力气用完。蚱蜢乔治这样锯过六七个回合之后,他就可以休息了,然后另一只蚱蜢便跳到盒子的顶上,从他锯过的地方继续锯下去,一直锯到力气用完为止。

"蚱蜢们用腿把盒子锯穿是件非常困难的事情,不过,很幸运的是,坏脾气巫婆做这只盒子时,用的是很薄的木板,而且他们都是心甘情愿地帮忙,所以他们一个接一个地锯着,终于锯出了一个可以让所有的小精灵爬出来的洞洞。洞虽然不够大,好在小精灵们在盒子里只是靠吃些面包屑活命,他们自然一点都没有长胖。

"哦,他们从盒子里出来后,一个个都欢天喜地的。他们先拥抱了他们的小兄弟,接着,他们又一一拥抱了所有的蚱蜢。

"'那个把我们关进盒子的坏脾气巫婆在哪里?'他们问。

"'她得了重病,在床上呢!'那个最小的小精灵说。

"'那么,'小精灵们说,'我们就到食柜里去美美地吃一顿吧,我们都快饿坏了。'于是,小精灵们和蚱蜢们'呼啦'一下跑向食柜,他们吃呀,吃呀,直吃到再也吃不下。因为吃得太饱,他们一个个都昏昏欲睡。于是,他们就在炉子底下躺了下来,美美地睡了一觉。除了饿,他们一个个也非常疲惫,所以他们睡了一天一夜。假如不是坏脾气巫婆因为病情严重在那里鬼哭狼嚎,他们或许可以睡得更长一些。巫婆的嚎叫声自然惊醒了小精灵们,他们全都跳了起来,蚱蜢们也'噼里啪啦,噼里啪啦'地一哄而散。

"但是,当他们发现坏脾气巫婆起不了床的时候,他们又都回到了炉子下面。'天哪,她叫得好悲惨啊!'一只蚱蜢说,'她一定是吃了青苹果才这样的。'

"'假如你得了这种重病,'那个最小的小精灵说,'也许你也会大喊大叫的。'

"'不,我们才不会呢,'那只蚱蜢说,'我们有办法治疗这种病!'

"'你们有什么办法吗?'所有的小精灵异口同声地问道,因为他们都已经从坏脾气巫婆的盒子里逃出来了,而且都已经吃得饱饱的,所以,他们现在反而对坏脾气巫婆很是同情,并且自然而然地原谅了她对他们的虐待。

"'田里长着一种很大的叶子,'那只蚱蜢说,'得用这种叶子做成膏药,并把它贴在大拇指上。只要一两天时间,这种病就好了。'

"'那我们就去采这种叶子来做膏药吧!'所有的小精灵们一齐说。蚱蜢们本来是从厨房的门缝钻进来的,可当小精灵们也想和蚱蜢一样从那里钻出去时,他们发现自己的身体还是稍稍大了一点。

"'没有关系,'善良的蚱蜢们说,'我们会把叶子采回来给你们的。'就这样,蚱蜢们从门缝里钻了出去。

"可是,当他们想把采回来的叶子从门缝里带进去的时候,他们也发现门缝太小了。现在只有一个办法,那就是让蚱蜢们把大叶子嚼成小碎片,然后从门缝里运进来,再把这些小碎片运到小精灵们找到的一块布头上。蚱蜢们嚼碎的叶片足够多的时候,小精灵们则等着坏脾气巫婆睡着。她睡着后,他们连忙把嚼烂的叶子做的膏药敷到了她的大拇指上。

"'行啦,她的病到早上就会好的。'蚱蜢们说。他们和小精灵们说了再见之后,便从厨房的门缝下面钻出去了。小精灵们却为怎样从坏脾气巫婆的屋子里出去而一筹莫展,不过,他们既然找不到办法,便打算再光顾一次食柜。到早上的时候,坏脾气巫婆醒了,她发现自己的病痛一点也没有了,于是,她从床上跳了起来,很多很多年以来,她的心情从来都不曾有这么好过。起床后,她便去了厨房,发现所有的小精灵正蜷缩着身子睡在她的炉子下面,她这才恍然大悟,知道是谁在她大拇指上敷了膏药把她的病治好了。于是,她把所有的小精灵都抱了起来,用围裙兜着他们,送他们回家,把他们放在以前圆木所在的地方。丢下他们后,她便轻手轻脚地走开了,因为做了好事,她的心激动得'砰砰'直跳。她的心里似乎充满了阳光,这让她的心情格外愉快。她当即便下定决心,再也不做一个坏脾气的人,相反,她要每天尽最大的努力,慷慨地为别人做好事。

"小精灵们醒来时,一个个都感到奇怪,不知道自己是怎么平平安安地睡在自己家里的。嗨,快看!"安妮突然停了下来,原来她把一只手指伸到了蚱蜢的嘴边,等她把手指收回时,上面则盖着一层棕色的液体。"蚱蜢们在治坏脾气巫婆的病时,嚼了这么多的烟草叶子,所以他们养成了咀嚼的习惯啦!"

"他们还在嚼烟草叶子吗?"卡尔问。

"不是的,"安妮笑了,"他们只是嚼草叶之类的绿色植物,因为你们都知道,嚼烟草可不太好。"

"哈——哈——"一个大嗓门把安妮和孩子们吓了一跳,"原来是你把我的烟草拿走了,安妮!"家中的雇工边说边用食指指着她。

"没错,是我拿的!"安妮笑着,"我把它扔掉啦。你应该为自己嚼烟草感到难为情。"

"好吧!"雇工说着,耸着肩膀走回屋子,"我很快会戒掉的,不过,我这辈子恐怕只能嚼玉米须了!"

安妮最后把蚱蜢放到一张宽宽的叶片上,并朝孩子们眨了眨眼睛。"快进屋吧,看我去做些甜甜圈!"她说,"我们倒要看看,除了玉米须,我们能不能给他嚼点别的。"